PÉTRA

À FAWZI ZAYADINE

OUVRAGE PUBLIÉ AVEC LE CONCOURS
DU CENTRE NATIONAL DU LIVRE

ISBN 2.02.032280.3

LAÏLA NEHMÉ ET FRANÇOIS VILLENEUVE

PÉTRA

MÉTROPOLE DE L'ARABIE ANTIQUE

PHOTOGRAPHIES DE
GÉRARD DEGEORGE

SEUIL

Le site de Pétra et ses principaux monuments

Tombeau : petit/grand

Sanctuaire

Habitat

Citerne : bouteille/quadrangulaire

Salle de banquets : *tri-/biclinium*

Route goudronnée

Canalisation

Sentier

Piste antique ou moderne (carrossable)

Pour les cartes régionales, voir en fin de volume, p. 164-166.

Cartographie de René Saupin

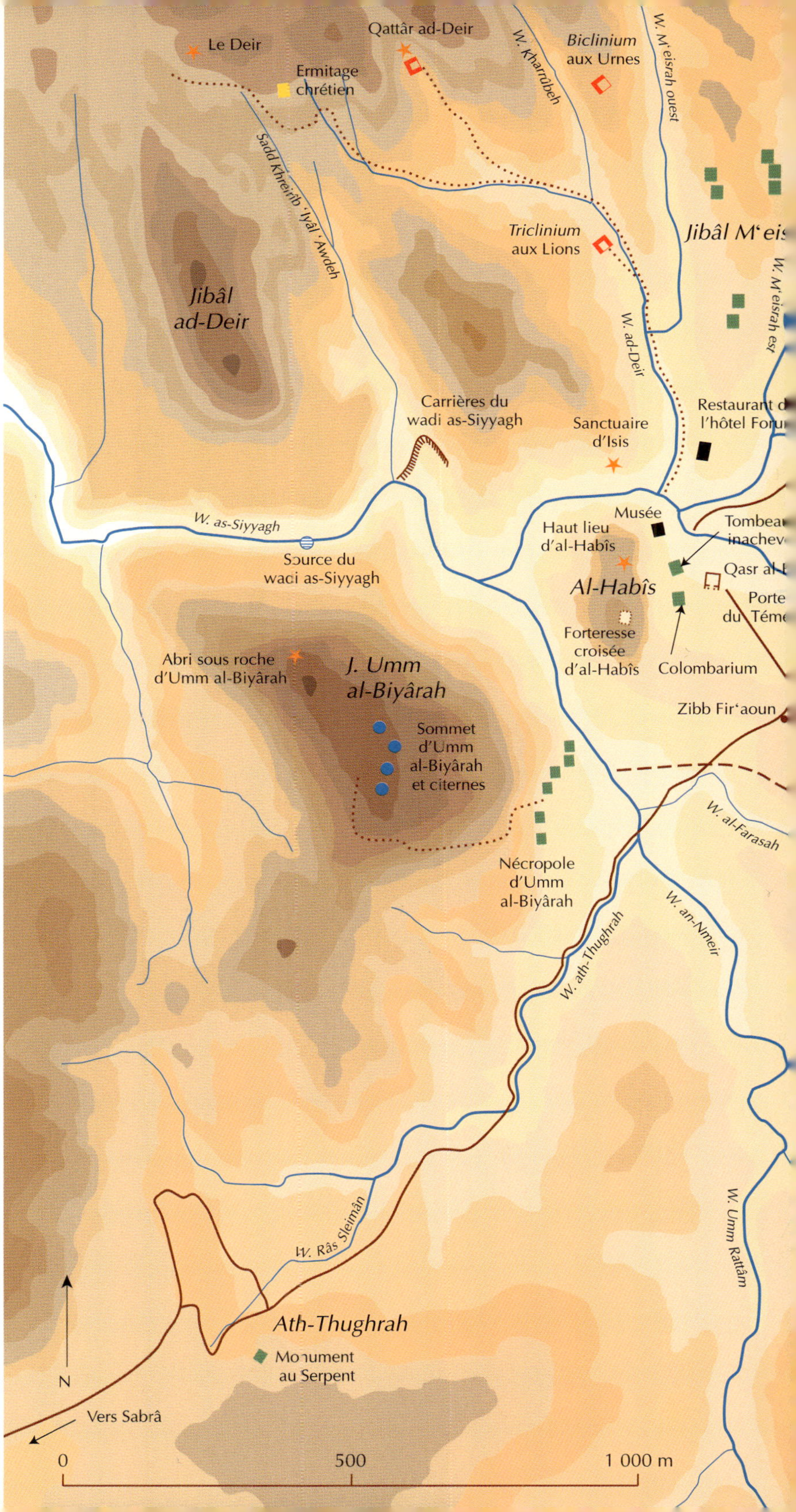

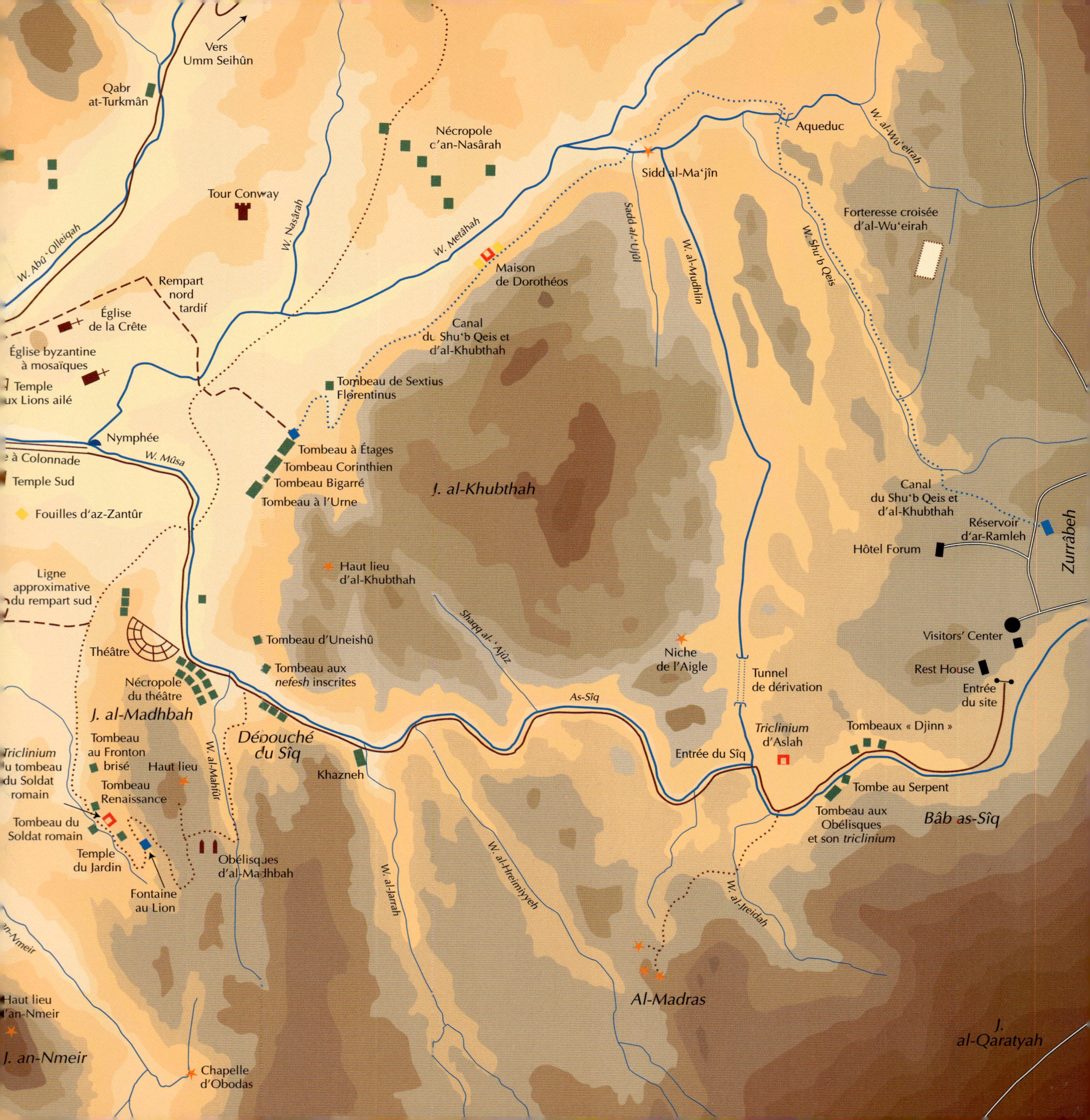
Vers
Umm Seihûn
Qabr
at-Turkmân
Nécropole
d'an-Nasârah
Tour Conway
W. Abû 'Olleiqah
W. Nasârah
W. Metâhah
Rempart
nord
tardif
Église
de la Crête
Église byzantine
à mosaïques
Temple
aux Lions ailé
Nymphée
e à Colonnade
W. Mûsa
Temple Sud
Fouilles d'az-Zantûr
Ligne
approximative
du rempart sud
Théâtre
Nécropole
du théâtre
J. al-Madhbah
Tombeau
au Fronton
brisé
Haut lieu
Tombeau
Renaissance
Triclinium
u tombeau
du Soldat
romain
Tombeau du
Soldat romain
Temple
du Jardin
Fontaine
au Lion
W. al-Mahfûr
Obélisques
d'al-Madhbah
an-Nmeir
Haut lieu
d'an-Nmeir
J. an-Nmeir
Chapelle
d'Obodas
Maison
de Dorothéos
Canal
du Shu'b Qeis et
d'al-Khubthah
Tombeau de Sextius
Florentinus
Tombeau à Étages
Tombeau Corinthien
Tombeau Bigarré
Tombeau à l'Urne
J. al-Khubthah
Haut lieu
d'al-Khubthah
Tombeau d'Uneishû
Tombeau aux
nefesh inscrites
Débouché
du Sîq
Khazneh
Shaqq al-'Ajûz
As-Sîq
W. al-Jarrah
W. al-Hreimiyyeh
Sidd al-Ma'jîn
Sadd al-'Ujlî
W. al-Mudhlim
Aqueduc
W. al-Wu'eirah
W. Shu'b Qeis
Forteresse croisée
d'al-Wu'eirah
Niche
de l'Aigle
Tunnel
de dérivation
Triclinium
d'Aslah
Entrée du Sîq
Tombeaux « Djinn »
Tombe au Serpent
Tombeau aux
Obélisques
et son triclinium
Bâb as-Sîq
W. al-Jreidah
Al-Madras
Canal
du Shu'b Qeis et
d'al-Khubthah
Réservoir
d'ar-Ramleh
Hôtel Forum
Zurrâbeh
Visitors' Center
Rest House
Entrée
du site
J.
al-Qaratyah

INTRODUCTION

RIVALE DE BAALBEK AU LIBAN, de Palmyre en Syrie ou de Jérash en Jordanie pour l'excellent état de conservation de ses vestiges, Pétra s'en distingue cependant par la nature même des monuments qui se dévoilent au regard du visiteur à mesure qu'il s'engage dans la ville. La majorité de ceux qui restent visibles aujourd'hui sont en effet rupestres, taillés directement dans la roche, parfois sur plusieurs dizaines de mètres de hauteur, dans un grès tendre formé de strates colorées par des oxydes métalliques où dominent le blanc, le rose, le rouge, le bleu et parfois le jaune. Ce caractère minéral lui a valu son nom grec – *Petra* signifie « roche » –, tandis que les Sémites ont préféré l'appeler *Reqem,* utilisant un terme rappelant le caractère multicolore, bigarré, des pierres et des broderies. Depuis le siècle dernier, c'est la « cité rose du désert », actuellement visitée par des milliers de touristes qui mettent involontairement en danger un patrimoine fragile.

2. Les grès bigarrés de Pétra, de couleurs d'autant plus vives qu'ils ont été taillés ou brisés récemment.

3. La «nécropole du théâtre», construite non loin de l'édifice de spectacle. C'est l'une des plus anciennes nécropoles de Pétra et la première de grande envergure que l'on visite sur le site.

Longtemps considérée, à tort, comme une immense nécropole en raison du nombre extraordinaire de façades de tombeaux taillées dans les falaises qui encadrent et dominent une cuvette centrale, Pétra est pourtant bien un site *urbain,* une ville possédant, à côté de nécropoles et de sanctuaires*, de véritables quartiers d'habitation, des marchés, des

* Les termes suivis d'un astérisque renvoient au glossaire en page 149.

rues, des boutiques et des ateliers d'artisans. Il faut l'imaginer pleine de la rumeur émise par plusieurs milliers d'habitants affairés. C'est la capitale des Nabatéens, peuple originellement nomade, qui s'est imposé, dès le Ve siècle avant notre ère, comme un intermédiaire obligé dans le commerce à longue distance des épices, aromates et autres produits précieux acheminés depuis l'Arabie du Sud jusqu'à Pétra et, de là, aux ports de la Méditerranée par des caravaniers rapidement enrichis. Maîtres des routes terrestres, présents de l'Arabie centrale à la Syrie et au Néguev, enviés pour l'abondance de leurs biens souvent convoités, les Nabatéens, qui ont su garder leur indépendance face aux visées hégémoniques de leurs voisins Hasmonéens et Romains, ont développé une civilisation originale dont le caractère dominant est le syncrétisme entre les traditions artistiques et culturelles orientales dont ils étaient les héritiers et l'influence exercée par le monde hellénistique et romain avec lequel ils ont été très tôt en contact. Dans la majorité des domaines, de l'architecture à l'écriture, en passant par la sculpture, la peinture et la céramique, ils ont su combiner emprunts et créativité tout en restant, pour l'essentiel, fidèles à leurs croyances et à leurs rites.

Pétra et les autres sites nabatéens de Syrie, de Jordanie, d'Israël et d'Arabie, villes, villages ou simples stations caravanières, révèlent les multiples facettes de cette civilisation que le chercheur, souvent isolé dans sa spécialité, ne peut qu'être honoré de faire découvrir et, peut-être, aimer.

DÉCOUVERTE ET EXPLORATION

L'HISTOIRE DE LA REDÉCOUVERTE DU SITE DE PÉTRA par les Occidentaux commença au début du XIXe siècle avec l'augmentation très nette, par rapport à la période précédente, des voyages vers l'Orient. Ceux-ci, longs et non sans dangers, avaient le plus souvent Jérusalem pour destination principale, et c'est généralement de là que les expéditions repartaient vers les régions d'outre-Jourdain.

Bien qu'il n'y soit pas allé lui-même, il faut rendre justice à l'explorateur allemand U. J. Seetzen, le premier à avoir, dès le début du siècle, proposé l'identification du site où une croyance plaçait le tombeau du prophète Aaron, le frère de Moïse, avec la Pétra des auteurs anciens. Cette croyance remonte au moins au Ier siècle de notre ère (Flavius Josèphe, *Antiquités juives* IV, 82-83) et suggère de reconnaître dans le massif connu aujourd'hui sous le nom de Jebel Hârûn – « montagne d'Aaron » en arabe – le mont Hor mentionné dans le livre des Nombres (20, 22-30 et 33, 38-39), le lieu où mourut Aaron, quarante ans après le début de l'Exode. Des moines grecs orthodoxes vécurent au sommet de la montagne jusqu'au XIIIe siècle, et une petite mosquée blanche, visible de très loin, construite vraisemblablement sur les restes d'une église et non sur une tombe, couronne aujourd'hui le piton rocheux (photo n° 17). Le désir d'atteindre le sommet du Jebel Hârûn anima la plupart des premiers voyageurs, mais, en raison de la vénération particulière dont ce lieu était l'objet de la part des musulmans de la région, une minorité d'entre eux seulement réussit à convaincre les Arabes de les y conduire ou de les laisser y grimper.

4. *Le Sîq dans l'un de ses passages les plus étroits. Les falaises qui le bordent se rejoignent presque au sommet, ne laissant filtrer qu'une faible lumière jusqu'au lit du wadi* Mûsa, le « ruisseau de Moïse », détourné de nos jours comme dans l'Antiquité grâce à un barrage.*

Originaire de Bâle mais envoyé par une institution britannique, l'Association pour promouvoir la découverte des parties intérieures de l'Afrique, Johann Ludwig Burckhardt s'embarqua en 1809 pour Malte et la Syrie où il passa trois ans à se perfectionner en arabe. Il se convertit à l'islam et prit le nom de Sheikh Ibrahim Ibn `Abdallah. En 1812, il partit pour l'Égypte, obtenant à Damas une recommandation pour le chef de la tribu des Majâlî de Kérak. De cette ville, il se rendit à Wadi Mûsa qui portait alors le nom d'al-Jî, déformation arabe de son nom édomite, Gaia. Arrivé le 22 août 1812, il obtint l'autorisation de visiter les ruines en prétendant avoir formulé le vœu de sacrifier une chèvre sur la tombe d'Aaron, située quelques kilomètres au sud-ouest de Wadi Mûsa. Pour l'atteindre, il fallait emprunter la gorge du Sîq, seule voie de circulation est-ouest permettant de rejoindre la ville antique (photo nº 4), puis traverser celle-ci. Malgré la méfiance de son guide, Burckhardt explora quelques vestiges et dressa un plan sommaire de la Khazneh Fir`aoun, le monument le plus connu et le plus impressionnant de Pétra (photo nº 5). Il passa devant le théâtre, remarqua l'importance des vestiges de la ville ainsi que l'étendue de la nécropole dite royale d'al-Khubthah. Alors qu'il s'apprêtait à observer d'un peu plus près le temple le mieux conservé du site, le Qasr Bint Fir`aoun, il fut arrêté par son guide, qui l'accusa d'être un infidèle à la recherche des trésors enfouis dans les ruines. Il continua donc sa route vers le sud, par le wadi qui longe le massif d'Umm al-Biyârah, notant au passage la présence d'un grand nombre de tombeaux. Le soleil étant à son point le plus bas lorsqu'il arriva au pied de la montagne sur laquelle se dresse le mausolée d'Aaron, Burckhardt dut sacrifier sa chèvre sans en faire l'ascension. C'est à la suite de cette brève visite du site que le voyageur aboutit à cette conclusion brillante : « En comparant les témoignages des auteurs cités dans la *Palæstina* de Reland, il paraît très probable que les ruines de Wadi Mûsa sont celles de l'ancienne *Petra.* »

La découverte, en 1994, du fonds d'archives de Sir William John Bankes dans le château que possédait sa famille dans le Dorset, au Royaume-Uni, a permis de préciser le rôle respectif des voyageurs qui se rendirent à Pétra peu après Burckhardt. Aristocrate cultivé, W. J. Bankes voyagea en effet en Orient de 1814 à 1819, explorant le Sinaï, la Haute-Égypte, la Nubie, la Transjordanie et la Syrie. C'est en 1818 qu'il entre-

5. *La Khazneh Fir`aoun, dans le Sîq. Son aménagement remonte sans doute au Ier siècle av. J.-C. Ce probable tombeau ou cénotaphe d'un roi nabatéen se compose, sur près de 40 m de haut, de deux registres superposés : en bas, six colonnes à chapiteau corinthien reposent sur un podium interrompu au milieu par l'escalier d'accès ; en haut, une* tholos* *est flanquée de deux pavillons supportant chacun un quart de fronton. Une représentation des Dioscures à cheval orne les entrecolonnements du niveau inférieur. Ceux du niveau supérieur contiennent une Isis-Fortune au centre de la* tholos, *des Victoires dans les deux entrecolonnements du fond, partout ailleurs des Amazones. À gauche et à droite, on distingue les encoches creusées dans le rocher par les tailleurs de pierre nabatéens pour remonter au sommet de la falaise à la fin de leur journée de travail.*

prit le voyage qui le mena jusqu'à Pétra, accompagné, entre autres, par deux officiers de la marine britannique, Ch. Irby et J. Mangles. Le groupe passa sur le site deux jours, durant lesquels Bankes ne cessa de prendre des notes sur les monuments qu'il voyait et d'en faire des croquis. C'est à lui que l'on doit le premier dessin de la Khazneh ainsi que la copie, magistralement réalisée bien qu'il ne pût la lire, de l'inscription nabatéenne gravée en hauteur sur la façade du Qabr at-Turkmân, un tombeau taillé dans la partie nord du site. Fait remarquable pour l'époque, il la rapprocha très justement des graffiti qu'il avait relevés quelque temps auparavant dans le Sinaï. Cette épitaphe, qui constitue la plus longue et plus belle inscription de Pétra, ne fut véritablement estampée que beaucoup plus tard, en 1894, au cours d'une expédition de l'École biblique de Jérusalem (photo n° 32). Pour des raisons qui restent mal connues, son journal, qui comprend près de deux cents pages, ne fut jamais publié sous son nom et fut retrouvé intact dans les archives de la demeure familiale. Écrit en partie de sa main et en partie de celle d'Irby, qui notait sous sa dictée, de larges pans de ce journal, quasi inchangés, furent toutefois insérés dans le récit de voyage que les deux officiers britanniques publièrent à leur retour en Angleterre, en 1823. C'est donc à Bankes et non à ces derniers qu'il faut attribuer la paternité des remarques érudites sur les sources bibliques et classiques concernant Pétra ainsi que les conclusions historiques présentées dans ce volume. Entre autres découvertes, Bankes fut le premier à remarquer la finesse de la céramique nabatéenne, à comparer la représentation aniconique des dieux sous la forme de bétyles* avec les pierres vénérées par les Arabes à l'époque préislamique et à s'apercevoir que les tombeaux rupestres de Pétra avaient été taillés de haut en bas.

6. *L'entrée du Sîq, vue et dessinée en 1828 par Léon de Laborde. L'arc qui enjambait le défilé s'est effondré en 1895 et n'est connu que par des gravures anciennes.*

Léon de Laborde et Maurice-Adolphe Linant de Bellefonds, qui allait se rendre célèbre pour son rôle dans le percement du canal de Suez, furent les premiers voyageurs français à atteindre Pétra, en 1828. Venus de Suez par les

vallées du Sinaï et par Aqaba, ils parvinrent à Pétra par le sud et remontèrent jusqu'à l'emplacement actuel de l'entrée du site. Habiles dessinateurs, ils produisirent en six jours de splendides dessins dont une partie seulement fut publiée à Paris en 1830 dans un luxueux *in-folio* portant le titre de *Voyage de l'Arabie Pétrée* (photos nos 6 et 7). La Khazneh, le Qasr Bint Fir`aoun, ainsi que d'autres monuments moins connus à l'époque tels que le théâtre, le Deir et l'arc enjambant l'entrée du Sîq, furent replacés dans leur environnement naturel de massifs rocheux. Les personnages en costume oriental et les chameaux qui animent les planches de ce volume furent rajoutés par le graveur, souvent sans souci de l'échelle, mais l'ensemble des planches, soixante-neuf au total, assorties d'un texte volontairement sommaire, ont toujours une valeur documentaire, archéologique et artistique.

7. Le triclinium* *du tombeau du Soldat romain vu par Laborde. Cette salle de banquet funéraire, dans le wadi* Farasah, est sans conteste la plus somptueuse de Pétra avec ses parois décorées de colonnes et de niches recouvertes d'enduit. Au fond, la façade du tombeau du Soldat romain se profile derrière les trois portes surmontées de fenêtres.*

De nombreux voyageurs, majoritairement britanniques mais aussi allemands et français, se succédèrent tout au long de la seconde moitié du XIXe siècle. Les conditions de visite étaient encore difficiles en raison de l'hostilité persistante des Bédouins de la région, et le récit des mésaventures vécues par plus d'un groupe de voyageurs occupe souvent une large part dans les carnets de voyage publiés au retour. L'exploration du site ne progressa pas réellement au cours de cette période, car les itinéraires de visite se ressemblaient, et les mêmes monuments étaient décrits avec seulement quelques variations de détail. Il faut attendre l'extrême fin du siècle et l'entreprise monumentale des deux savants allemands R. E. Brünnow et A. von Domaszewski pour que les monuments de Pétra, essentiellement les tombeaux, fassent l'objet d'un inventaire systématique assorti d'un classement en quatre types principaux. Un numéro, qui est encore le mode de référence le plus couramment utilisé aujourd'hui, fut attribué à chaque monument identifié sur le terrain. Les 831 numéros inscrits au catalogue furent, par ailleurs, reportés, avec une précision remarquable, sur dix-huit croquis formant un assemblage cohérent de cartes planimétriques. Publié en 1904, le premier volume du

désormais célèbre *Die Provincia Arabia* est en quelque sorte la Bible de toute personne qui s'intéresse à Pétra.

Les travaux d'exploration se poursuivirent durant les premières années du XXe siècle avec les recherches de G. Dalman, alors directeur du Deutsche evangelische archäologische Institut de Jérusalem. Il s'intéressa principalement aux sanctuaires*, niches, grottes, citernes et autres vestiges, ajoutant près de sept cents monuments inédits au catalogue de ses prédécesseurs. Les nombreux croquis et relevés de grande qualité qui émaillent son *Petra und seine Felsheiligtümer,* publié en 1908 avec un volume complémentaire paru quatre ans plus tard, accompagnent une description minutieuse des vestiges. Les données contenues dans ces deux ouvrages sont les plus complètes qui existent à ce jour sur un grand nombre de monuments peu ou pas explorés depuis. Par comparaison, l'ouvrage d'A. Musil, *Arabia Petraea,* publié en 1907, bien que très documenté, n'est pas aussi systématique. D'une part, il se contente de présenter, sur un mode très littéraire, des monuments qui ne sont pas identifiés par un numéro et, d'autre part, ses croquis sont nettement plus schématiques que ceux de Dalman.

Les monuments non rupestres du centre monumental, au nord, au sud et le long du wadi Mûsa, furent explorés entre les deux guerres par une équipe allemande dirigée par Th. Wiegand. Avec ses collègues W. Bachmann et C. Watzinger, il fut le premier à dresser un plan de l'ensemble des vestiges qui, malgré quelques inexactitudes dues à l'absence de fouille archéologique préalable, compléta de façon remarquable la documentation disponible, limitée jusque-là aux monuments rupestres. Cet ouvrage, *Petra,* paru en 1921, clôtura l'ère des recherches fondées exclusivement sur l'exploration des vestiges visibles. En effet, hormis la monographie de Sir A. Kennedy, dont l'objet principal était d'accompagner la première carte scientifique du site établie à l'aide des clichés aériens pris en 1923 par la Royal Air Force, la fin des années 1920 est marquée par la réalisation des premières fouilles archéologiques.

Les fouilles archéologiques

Ces fouilles ont été favorisées par les nouvelles conditions politiques nées de la création, sous mandat britannique, de l'État de Transjordanie (1920-1922), par la mise en place, sur les deux rives du Jourdain, d'insti-

tutions gouvernementales chargées des Antiquités et enfin, par le développement des Écoles archéologiques anglaise et américaine à Jérusalem. C'est G. Horsfield, alors conseiller archéologique du gouvernement de Transjordanie, qui se lança dans l'aventure. Les premières campagnes, qui se déroulèrent de 1929 à 1936, permirent de proposer une fourchette chronologique pour l'occupation du site – IIIe siècle av.-IVe siècle apr. J.-C. – et d'identifier la céramique nabatéenne. Le matériel mis au jour fut publié dans son ensemble et donna pour la première fois une idée de la culture matérielle des Nabatéens. D'importants travaux de reconnaissance, dont les résultats ont certes été invalidés depuis, furent également effectués sur les remparts. L'année suivante, en 1937, une autre archéologue britannique, M. Murray, entreprit le dégagement de deux ensembles de grottes qui livrèrent un matériel abondant.

Interrompus par la Seconde Guerre mondiale et par les turbulences qui lui succédèrent dans la région, les travaux archéologiques ne reprirent leur cours qu'en 1954, avec un programme tri-annuel de fouille, de restauration et de conservation mis sur pied par le département des Antiquités de Jordanie. Les abords de l'arc monumental qui marque l'entrée dans le *temenos** du Qasr al-Bint ainsi que la voie à colonnade qui y mène, le *cardo,* furent alors dégagés sous la responsabilité respective des archéologues britanniques P. J. Parr et D. Kirkbride. Entre 1958 et 1960, des sondages visant à obtenir des séries complètes et datées de céramique nabatéenne, à mieux connaître le développement architectural d'une partie de la ville et à trouver des traces de la plus ancienne occupation nabatéenne, furent ouverts dans plusieurs secteurs du site. Ils furent réalisés sous la direction de P. J. Parr et sous les auspices de la British School of Archaeology de Jérusalem. Parallèlement, le département des Antiquités poursuivit le dégagement du *cardo*.

Le théâtre de Pétra fut, quant à lui, dégagé en 1961 et 1962 par Ph. C. Hammond, en collaboration avec le département des Antiquités. La fouille mit en évidence plusieurs phases d'occupation et de destruction, le monument ayant été mis en chantier entre 4 av. et 27 apr. J.-C. À partir des années 1960, le nombre de monuments faisant l'objet d'une fouille systématique ne cessa d'augmenter. Ce furent d'abord l'habitat édomite du plateau d'Umm al-Biyârah de 1960 à 1965, le *temenos* du Qasr al-Bint de 1963 à 1965, le secteur situé au pied d'al-Khubthah en 1973 et le temple aux Lions ailés à partir de la même année.

Un nouvel élan fut donné en 1978 avec la création du Petra Tourism Development Project. Les travaux de dégagement du Sîq ainsi que la fouille et la restauration du Qasr al-Bint furent confiés à F. Zayadine qui entreprit, par ailleurs, l'exploration d'un ensemble unique à ce jour de fours de potier situés à l'est de l'entrée du site, dans le secteur de Zorrâbeh. Parallèlement aux fouilles proprement dites, une équipe de la Naturhistorische Gesellschaft de Nuremberg, placée sous la direction de M. Lindner, mena plusieurs campagnes de prospection dans des secteurs à la fois intérieurs et extérieurs au site urbain de Pétra. Elles permirent de compléter les données rassemblées par les explorateurs allemands au début du siècle et de découvrir un certain nombre de nouveaux monuments.

Depuis une dizaine d'années, cinq nouveaux projets ont été lancés : la fouille de plusieurs unités d'habitation sur la colline qui s'étend au sud du wadi Mûsa par l'université de Bâle ; la fouille du troisième grand temple de Pétra, le temple Sud, par l'université américaine de Brown ; la fouille de deux églises byzantines au nord du wadi Mûsa et de boutiques le long de la voie à colonnade par l'American Center for Oriental Research d'Amman ; la fouille d'un ensemble religieux comprenant une église et un monastère, au sommet du Jebel Hârûn, par une équipe finlandaise ; enfin la remise en chantier du projet de carte archéologique de l'ensemble du site, par un laboratoire du CNRS à Paris. La collaboration internationale, tant européenne qu'américaine, à laquelle s'ajoutent les fouilles régulières du département des Antiquités jordanien, portent leurs fruits. Des pans entiers de l'histoire de Pétra, surtout aux époques romaine tardive et byzantine, commencent à sortir de l'ombre. Malgré les efforts déployés depuis 1929, il n'en reste pas moins que la majeure partie du site demeure encore enfouie sous d'épais sédiments. La ville ne sera sans doute jamais entièrement dégagée, mais cela permet à tous, archéologues, historiens et passionnés en tout genre, de rêver leur propre histoire de Pétra et des Nabatéens.

PÉTRA : MILLE ANS D'HISTOIRE

L'HISTOIRE DE PÉTRA ET DE SES ENVIRONS commence bien avant l'époque nabatéenne. À une heure de marche au nord du site se trouve en effet l'un des principaux établissements néolithiques du Levant sud, Beidâ, daté de la première moitié du VIIe millénaire avant notre ère. Ses habitants s'installèrent d'abord dans des huttes composées de murs de terre peu élevés supportant des superstructures légères de branchages et de roseaux, puis dans des maisons de pierre à moitié enterrées, groupées comme les alvéoles d'un nid d'abeilles. Une différenciation de l'espace entraîna ensuite la construction de bâtiments spécifiques. La communauté commerçait avec ses voisins et vivait de la culture semi-domestique du blé et de l'orge, de la cueillette, de la chasse et de l'élevage.

L'ÂGE DU FER

On a longtemps cru que la localité biblique de Séla`, citée dans la Bible en 2 Rois 14, 7 parmi les prises d'Amasias roi de Juda en Édom (796-781 av. J.-C.), désignait le massif d'Umm al-Biyârah au sud-ouest de Pétra. Cette localité pourrait cependant tout aussi bien correspondre au site moderne de Séla`, non loin de Buseirah, la capitale édomite identifiée à la Bosra de Jérémie 49, 13, qui se trouve à une cinquantaine de kilomètres au nord de Pétra. En effet, Umm al-Biyârah et la Séla` moderne présentent les mêmes caractéristiques : ce sont des massifs isolés aux sommets plats et aux versants abrupts, qui ne sont accessibles

Double page précédente :
8. *Le théâtre de Pétra, dont les gradins, entièrement taillés dans le rocher, pouvaient recevoir de 7 000 à 10 000 spectateurs. Dégagé au début des années 1960 par l'archéologue américain Ph. C. Hammond, il est habituellement daté de la première moitié du Ier siècle de notre ère. Les trous creusés au-dessus des gradins, dans la paroi verticale, sont les vestiges de tombeaux dont la façade a été arrachée lors de son aménagement. Un astucieux réseau de canalisations permettait de dévier les eaux de pluie afin que la scène ne fût pas inondée. À sa gauche s'étend une partie de la nécropole dite « du théâtre ».*

que par une seule voie aisément défendable. Ils contiennent plusieurs citernes et ont tous deux été occupés à la fois à l'époque édomite – mais pas avant le VIIe siècle – et à l'époque nabatéenne. En l'état actuel des connaissances et malgré les différents arguments mis en avant, rien ne permet de trancher en faveur de l'un ou de l'autre des deux sites ; l'identification de la Séla` biblique demeure donc un problème non résolu.

Des fouilles, conduites sous la direction de C. M. Bennett, ont été entreprises sur le plateau d'Umm al-Biyârah entre 1960 et 1965. Elles ont révélé, sur environ 700 m^2, soit un tiers de la superficie totale du site, un habitat édomite en pierres sèches composé de pièces en longueur. L'une d'elles a livré un sceau inscrit au nom de *Qws G...*, que l'on restitue par « Qôs-Gabr », roi d'Édom durant les règnes d'Assarhaddon (681-669) et d'Assurbanipal (669-627), qui apparaît deux fois dans des inscriptions assyriennes de la première moitié du VIIe siècle avant notre ère. La céramique associée aux bâtiments fouillés concorde avec cette date.

Il a certainement existé un hiatus de plusieurs siècles entre l'occupation édomite d'Umm al-Biyârah et l'implantation des Nabatéens à Pétra. La date de cette dernière n'est pas connue, mais la présence nabatéenne est attestée à la fin du IVe et au IIIe siècle av. J.-C. La permanence du culte du dieu édomite Qôs, dont témoignent l'emploi d'anthroponymes théophores* utilisant le nom de ce dieu ainsi que les dédicaces en son honneur, ne suffit pas à prouver une continuité de l'occupation, dans la région, entre l'âge du fer et les débuts de la période hellénistique. Il semble, au contraire, que les sites qui ont été occupés à l'époque édomite ont le plus souvent connu un abandon de plusieurs siècles avant de revivre, pour certains d'entre eux, à l'époque nabatéenne. C'est le cas, par exemple, de Buseirah et, plus au nord, de Khirbet adh-Dharîh.

L'époque nabatéenne

La plus ancienne attestation des Nabatéens à Pétra remonte à 312 avant notre ère, date de la double expédition militaire menée contre eux par les Grecs et rapportée par Diodore de Sicile (*Bibliothèque historique* XIX, 94-100). La mort d'Alexandre le Grand, dix ans plus tôt, avait laissé la place aux Diadoques, ses successeurs de la Grèce à la Bactriane et à l'Égypte. L'un d'eux, Antigone le Borgne, sur le point de devenir maître

de l'Asie, avait confié la Syrie à son fils Démétrios. Il est presque certain que les expéditions de 312 ne visaient pas à conquérir les territoires contrôlés par les Nabatéens, mais plutôt à s'emparer des richesses qu'ils avaient accumulées en transportant « jusqu'à la mer l'encens, la myrrhe et les plus précieux des aromates que leur remettent ceux qui les acheminent depuis l'Arabie dite heureuse ».

Aperçu historique

D'après Diodore, les Nabatéens de la fin du IVe siècle av. J.-C. formaient un peuple d'une dizaine de milliers d'individus. Ils étaient fortement épris de liberté, vivaient en plein air dans des contrées désertiques qui leur servaient de forteresse naturelle et ne cultivaient ni le blé, ni la vigne, ni les arbres fruitiers. Ils élevaient des chameaux ainsi que du petit bétail, et nombre d'entre eux étaient engagés dans le commerce caravanier. Les hommes se rendaient régulièrement à des foires, laissant leurs biens ainsi que les vieillards, les femmes et les enfants sur un massif rocheux imprenable habituellement identifié avec Umm al-Biyârah. C'est pendant l'une de ces foires que le général nommé par Antigone, Athénée, attaqua la roche des Nabatéens, tuant ou capturant ses occupants et emportant un butin en nature et en argent. Prévenus de l'attaque par des fugitifs, les Nabatéens quittèrent précipitamment leur réunion et se lancèrent à la poursuite des Grecs, qu'ils massacrèrent en pleine nuit dans leur propre camp. Les Nabatéens se plaignirent à Antigone de la conduite d'Athénée. Le Diadoque tenta alors de les persuader que son général avait agi de son propre chef, espérant ainsi les amener à relâcher leur vigilance avant d'entreprendre une nouvelle offensive. Les Nabatéens ne furent cependant pas dupes et se préparèrent à l'éventualité d'un nouvel assaut, mené cette fois par Démétrios lui-même. La bataille ne s'étant pas révélée décisive, les deux parties optèrent pour un règlement diplomatique et, moyennant quelques cadeaux de grande valeur, Démétrios accepta de retirer ses troupes.

Cet épisode marque l'entrée de Pétra et des Nabatéens dans l'arène régionale. Le problème de leur origine, longtemps débattu et encore objet de controverses, reste quasi entier. En raison de la ténuité des arguments en sa faveur, l'hypothèse faisant de la région du golfe Persique leur patrie d'origine peut être écartée. L'Arabie du Sud et l'Arabie centrale sont des candidates possibles, mais les sources ne permettent

pas de trancher en faveur de l'une ou de l'autre de ces régions. Le seul élément à peu près certain est que les Nabatéens, dont le nom sémitique est *Nabaṭu* (avec un *t* emphatique), ne doivent être identifiés ni aux *Nabayate* mentionnés dans les chroniques assyriennes d'Assurbanipal (669-627) ni au *Nebayôt* de l'Ancien Testament (Ésaïe 60, 7). En effet, le passage d'une lettre non emphatique à une lettre emphatique ainsi que la disparition de la troisième radicale *y* de Nebayate ou Nabayôt posent des problèmes linguistiques. Enfin, la date de leur migration vers la région de Pétra et le plateau du Sharâ, dont leur dieu principal, Dûsharâ, tire son nom, n'est pas connue.

Après les événements de 312, on relève la présence des Nabatéens ailleurs qu'à Pétra. En 259, ils se firent livrer du blé, quelque part en Transjordanie, par un agent du roi d'Égypte Ptolémée II Philadelphe. À la même époque, sans doute dans le Hawrân, ils rencontrèrent des cochers égyptiens exerçant un trafic de femmes esclaves. Ces Nabatéens n'étaient sans doute que de petits groupes aux activités principalement commerciales. Leur présence dans le Néguev, à Élusa, est attestée par une inscription nabatéenne mentionnant un « Arétas roi des Nabatéens ». Le texte n'est pas daté, mais l'écriture est de type archaïque et pourrait remonter au IIIe ou au IIe siècle.

Les Nabatéens eurent également des contacts avec Judas et Jonathan Maccabée, les chefs de la rébellion juive contre la politique d'hellénisation forcée menée à Jérusalem par le roi séleucide Antiochos IV (175-164). C'est d'abord à Pétra, chez Arétas le « tyran des Arabes », que l'allié d'Antiochos, Jason, le grand prêtre alors en fonction à Jérusalem, se réfugia en 167. C'est également aux Nabatéens que Jonathan souhaita, en 160, confier ses bagages. Le récit de ces rencontres, qui figure dans les deux livres des Maccabées (1M 5, 24-26 et 9, 35 ; 2M 5, 8), témoigne des rapports pacifiques qu'entretenaient alors les Nabatéens et les artisans de la révolte juive contre le pouvoir séleucide.

De 160 à la création par Pompée de la province romaine de Syrie, en 64, l'histoire des Nabatéens se résume à la série de conflits qui les opposèrent à leurs voisins de la rive ouest du Jourdain. C'est le roi juif Alexandre Jannée qui, en 100 av. J.-C., engagea les hostilités en s'emparant de la ville de Gaza, alors principal débouché maritime des Nabatéens en Méditerranée. Le roi Arétas II, sans doute le premier monarque nabatéen à battre monnaie, était en effet arrivé trop tard pour empêcher

la prise de la ville dont les habitants l'avaient appelé à l'aide. Relatés par Flavius Josèphe dans les livres XIII et XIV des *Antiquités juives,* les événements qui suivent présentent peu d'intérêt. Ils témoignent seulement de l'émergence, sur les deux rives du Jourdain, de royaumes indépendants relativement puissants dont l'expansion territoriale ne pouvait manquer d'inquiéter les Séleucides, de plus en plus affaiblis. C'est sans doute dans ce contexte qu'il faut placer les deux campagnes militaires qu'Antiochos XII mena contre les Nabatéens en 88 ou 87. Au cours de la seconde, qui s'acheva dans le Néguev, le roi séleucide succomba sous les coups portés par les troupes du roi Obodas Ier. Celui-ci mourut peu après, et sa sépulture, qui reste à découvrir, se trouve à Avdat. En effet, comme le rapporte le lexicographe byzantin Étienne de Byzance, Éboda – nom ancien d'Avdat – est « le bourg des Nabatéens où le roi Obodès, qu'ils déifient, est enseveli ».

Le fait marquant du règne d'Arétas III, son successeur, fut l'extension de son autorité vers le nord et particulièrement sur la ville de Damas, où il régna de 84 à 72. Il y frappa des monnaies portant en grec son titre, Philhellène. Lorsque la succession du roi juif Alexandre Jannée s'ouvrit, à la mort de sa veuve en 67, les Nabatéens prirent le parti de l'aîné des deux frères, Hyrcan, évincé par son cadet Aristobule. En échange de la promesse que les douze villes prises à Arétas par Jannée lui seraient rendues, le roi nabatéen accepta de soutenir militairement Hyrcan et entama le siège de Jérusalem où s'était retiré son frère. La situation se débloqua cependant avec l'arrivée de Scaurus, l'envoyé du consul Pompée, qui somma Arétas de lever le siège de la ville sainte sous peine d'être déclaré ennemi du peuple romain. L'avancée romaine en Orient était pour quelque temps arrivée à son terme.

Cet événement inaugure l'entrée des Nabatéens dans la clientèle de Rome. Leur présence et celle de leurs voisins judéens assuraient la sécurité de la frontière sud de la nouvelle province romaine de Syrie. Cela n'empêcha pas les Romains de tenter à deux reprises, en 62 et en 55, de s'emparer des richesses entreposées à Pétra. Succédant au règne de quelques années d'un roi Obodas II à l'existence longtemps mise en doute mais désormais assurée, Malichos I gouverna vingt-huit ans (59-30), durant la période troublée qui connut successivement l'assassinat de César, l'invasion des Parthes et la lutte pour le pouvoir entre Antoine et Octave, ce dernier prenant le titre d'Auguste après sa victoire à la

bataille d'Actium en 31. Dans ces luttes, Malichos ne réussit pas toujours à prendre le parti du vainqueur mais, moyennant une intense activité diplomatique, il parvint à maintenir l'indépendance de son royaume. Sous Obodas III, roi faible et peu entreprenant qui régna de 30 à 9 av. J.-C., le premier personnage de la cour semble avoir été son ministre, Syllaios. Celui-ci fut nommé à la tête du contingent de mille hommes accordé par les Nabatéens au préfet d'Égypte, Aelius Gallus, pour son expédition en Arabie du Sud, en 25 av. J.-C. Il tenta ensuite d'étendre son pouvoir, en essayant d'abord d'obtenir, sans succès, la main de la sœur d'Hérode, le roi de Judée, puis en offrant, en 12 av. J.-C., un refuge aux chefs de rebelles révoltés contre Hérode en Trachonitide* et, enfin, en se rendant à deux reprises à Rome pour plaider sa cause auprès de l'empereur. À la fin de son second séjour et alors que l'accession au trône d'Arétas IV venait, après plusieurs tentatives infructueuses, d'être reconnue par Auguste, son jeu fut démasqué et il fut décapité.

On dit souvent que le règne d'Arétas IV, le plus long de l'histoire nabatéenne puisqu'il dura jusqu'en 40 de notre ère, marqua l'apogée du royaume. Il s'agit cependant plus d'un apogée culturel – de nombreuses réalisations monumentales de Pétra datant de ce règne – que d'un âge d'or politique. Les premières décennies de l'ère ne connurent pas d'événements importants, si ce n'est, peut-être, une diminution du trafic caravanier due à l'ouverture d'une liaison maritime avec les ports occidentaux de la mer Rouge, rendue possible par l'utilisation des vents de mousson. Pour les Nabatéens, dont la capitale était située au carrefour de routes terrestres désormais moins fréquentées, cela eut certainement pour conséquence une baisse notable de revenus. Les règnes de Malichos II (40-70) et de Rabbel II (jusqu'à 106) semblent avoir été pacifiques. Leur époque vit le développement de l'agriculture nabatéenne, notamment dans le Néguev, ainsi que le déplacement progressif du centre névralgique du royaume de l'Édom vers la Syrie du Sud, Bosra devenant une seconde capitale. Profitant sans doute de la mort de Rabbel II, Trajan annexa la Nabatène en 106, apparemment sans conflits majeurs. Il créa la nouvelle province d'Arabie, avec Bosra comme capitale. L'annexion sonna le glas de la Nabatène en tant qu'entité politique, mais les Nabatéens ne disparurent pas brutalement de la scène, et Pétra resta habitée jusqu'à l'époque byzantine.

Le développement urbain de la Pétra nabatéenne

En 312, les Nabatéens étaient déjà implantés à Pétra et y étaient sans doute installés depuis quelque temps. C'est là en effet que se trouvaient les membres de leurs familles ainsi que leurs biens, et c'est vers Pétra qu'ils revenaient après s'être rendus aux foires régionales. En cas d'attaque, ils utilisaient comme refuge le sommet du massif d'Umm al-Biyârah dont les pentes abruptes offraient une protection naturelle efficace. Des citernes en forme de poire, creusées dans le rocher, leur permettaient de résister à plusieurs jours de siège. En raison des difficultés d'accès, ce massif ne se prêtait cependant pas à une occupation permanente de grande envergure, et l'habitat principal des Nabatéens se trouvait sans doute déjà dans la ville basse et ses abords, qui offraient le double avantage d'être aisément défendables et de permettre la collecte de l'eau de pluie par simple gravité.

9. Un segment de la voie pavée du centre de Pétra, bordée de boutiques au sud. Les dalles, faites de calcaire car ce matériau est plus résistant que le grès, ne présentent pas de traces d'usure en sillons liées au passage des roues de chariot, habituelles sur les voies romaines. Cela signifie que la voie a été peu utilisée ou que l'on n'y roulait pas avec des chariots.

Les fouilles entreprises par l'archéologue britannique P. J. Parr dans le secteur de l'actuelle voie à colonnade, le *cardo* de Pétra, ont livré des éléments de pièces d'habitation assez frustes, construites en blocaille jointe à l'argile, ce matériau étant également utilisé pour le sol. Elles seraient datées du début du IIIe siècle avant notre ère et ne connurent pas d'évolution majeure jusqu'au IIe siècle. Au Ier siècle, le secteur où étaient implantées ces maisons changea de vocation. Les habitations furent abandonnées, la surface nivelée et une terrasse artificielle servit désormais de support à une voie de circulation dont l'axe général ne fut plus modifié. L'aménagement d'une rue dans un secteur préalablement occupé par des maisons traduit l'apparition d'un espace public et donc une première volonté de planification urbaine que seule pouvait imposer une autorité centrale. Il ne faut cependant pas oublier qu'à cette époque, tous les Nabatéens n'habitaient pas dans des maisons en pierre. C'est ce que tend à montrer la découverte, sur la colline d'az-Zantûr, au sud du wadi* Mûsa, de vestiges d'un habitat sous la tente daté, par les archéologues de l'université de Bâle en charge de la fouille, de la fin du IIe à la fin du Ier siècle avant

notre ère. Au cours de cette première phase d'occupation qui s'étend, avec quelques extrapolations, de la fin du IVe à la fin du IIe siècle avant notre ère, les tombes occupaient les premières terrasses des massifs entourant la ville basse.

Assez vite, cependant, l'extension de l'espace habité vers les wadis proches de la ville basse, notamment vers l'ouest – wadi as-Siyyagh – et le nord-ouest – wadi ad-Deir, wadi M`eisrah – repoussa les nécropoles au-delà des zones occupées par les maisons. Aux habitations construites en pierre, qui continuèrent de se développer sur les collines au nord et au sud du wadi Mûsa, s'ajouta désormais un habitat rupestre assez dense. Cette deuxième phase de développement, qui couvre le Ier siècle av. J.-C. et le début du Ier siècle apr. J.-C., vit également une monumentalisation du centre urbain. La Khazneh, les temples, les marchés et autres bâtiments publics ou religieux furent érigés. Il en est de même des postes fortifiés dont la construction engendra une ligne de démarcation entre l'espace intérieur et l'espace extérieur au site urbain. L'aménagement des hauts lieux au sommet des massifs entourant la ville basse ainsi que des voies processionnelles permettant d'y accéder est difficile à dater, mais ils étaient certainement en place et en usage au tournant de notre ère.

La troisième phase de développement, qui commença dès la première moitié du Ier siècle de notre ère et se poursuivit jusqu'à l'annexion romaine, fut une phase d'embellissement et d'aménagement urbains. C'est à cette époque que fut construit le théâtre principal de Pétra et que fut mis en place le réseau de canaux adducteurs du Sîq permettant à la ville d'être régulièrement approvisionnée en eau. C'est sans doute également à cette époque, ou juste après l'annexion, que fut aménagée la voie pavée à colonnade dans la forme qu'on lui connaît actuellement. Les grands travaux d'urbanisme s'interrompirent après 106, mais le site connut encore de belles heures de gloire aux périodes suivantes.

Pétra aux époques romaine et byzantine

L'époque romaine : une civilisation nabatéo-romaine

Entre l'annexion du royaume nabatéen, devenant *provincia Arabia,* à l'Empire romain en 106 apr. J.-C. et le séisme dévastateur de l'an 363, on dispose sur Pétra de bien des informations. Celles que fournissent au

début du IIe siècle les papyrus des archives en grec, en judéo-palestinien et en nabatéen de femmes nommées Babatha et Salomé, datant des années 90 à 130 et découvertes au début des années 1960 à l'ouest de la mer Morte ; les inscriptions du site, nabatéennes et, de plus en plus en avançant dans le temps, grecques et latines, et les données archéologiques. Il apparaît toujours plus nettement, avec chaque nouveau chantier de fouilles ou réexamen de fouilles anciennes, que non seulement les monuments de la Pétra nabatéenne restèrent en usage à l'époque romaine, mais que beaucoup furent remaniés ou agrandis, et certains bâtis ou taillés durant cette période. S'estompe ainsi, pour Pétra comme pour ses campagnes, l'image d'une ruine économique, démographique et culturelle, qui serait survenue après l'annexion romaine en corollaire de la perte de l'indépendance.

En revanche, font défaut pour le IIe siècle apr. J.-C. et au-delà les textes descriptifs et narratifs qui éclairaient la période proprement nabatéenne. Bien des points de la vie politique et économique restent donc matière à interrogations.

C'est d'abord l'annexion de l'année 106 qui est mal connue. Dion Cassius, historien du début du IIIe siècle, mentionne seulement qu'elle fut effectuée, pour le compte de l'empereur Trajan, par Cornelius Palma, le gouverneur de la province romaine de Syrie, et que l'Arabie fut « transformée en province » ; on sait, par ailleurs, que pour constituer cette nouvelle province, on ajouta à l'ancien royaume nabatéen les villes grecques de la Décapole*, principalement Gérasa (Jérash) et Philadelphia (Amman). Cette annexion a lieu dans une période d'expansionnisme renouvelé de l'Empire romain : en 66-73, 115-118 et 132-135, Rome a mis en œuvre des moyens très importants pour réprimer les insurrections juives en Judée, en Transjordanie du Nord-Ouest et en Égypte et réorganiser la Palestine ; à l'extrême fin du Ier siècle, les possessions du dernier successeur du roi Hérode, Agrippa II, sur les confins sud de la province de Syrie, ont été annexées. Quelques années après l'Arabie, Trajan annexera la Mésopotamie, aux dépens des Parthes. L'année même de la fin du royaume nabatéen, l'empereur guerroie sur la rive gauche du Danube pour annexer la Dacie. Après coup, on trouve sans peine une cohérence à cet ensemble d'opérations, mais les raisons précises de l'annexion de l'Arabie ne sont pas connues. On considère généralement que Cornelius Palma profita du décès du roi Rabbel II, survenu

10. *Inscription nabatéenne gravée sur un bloc de la banquette qui borde le côté sud du* temenos* *du grand temple appelé Qasr Bint Fir`aoun, au centre de Pétra : « Ceci est la statue d'Arétas qui aime son peuple, le roi des Nabatéens, qu'a érigée pour lui `Abdû le devin. » La banquette étant postérieure au temple, cette inscription fournit une date de départ pour la construction du Qasr al-Bint.*

11. *L'arc nabatéen de Bosra, la grande ville nabatéenne du nord. Ce monument en basalte est daté, depuis les fouilles des années 1980, de la fin du Ier siècle de notre ère, probablement du règne de Rabbel II, dernier roi nabatéen. Orné de chapiteaux nabatéens à cornes, l'arc marquait l'entrée dans un quartier neuf à l'est de Bosra (à l'arrière-plan), vers un sanctuaire* sans doute dédié à A`râ.*

sans doute en 106 justement, pour lancer des troupes de deux légions, la VIe Ferrata, venue de Syrie, et la IIIe Cyrénaïque, venue d'Égypte, sur la Nabatène. Certains historiens modernes pensent qu'aux yeux de Rome la stabilité intérieure du royaume n'était pas assurée. D'autres insistent sur un possible renouveau religieux et national sous Rabbel II, qui aurait pu inquiéter les Romains. Les modalités mêmes de l'annexion sont obscures. D'aucuns s'appuient sur quelques traces archéologiques de destructions, à Pétra et dans d'autres localités nabatéennes, vers les années 100, pour faire l'hypothèse d'une guerre de conquête. C'est peu probable cependant : des monnaies de bronze sénatoriales émises pour commémorer l'événement portent la légende *Arabia adquisita,* « l'Arabie acquise », et non *capta,* « conquise », qui eût été normale en cas de conquête. De plus, Trajan ne se fit pas acclamer comme *Arabicus* (« vainqueur des Arabes »), ce qu'il eût sûrement fait en cas de victoire sur les Nabatéens. L'annexion fut donc une opération militaire, certes, mais sans guerre. L'armée nabatéenne disparut alors, non détruite, mais démobilisée sans doute, ou partiellement intégrée dans des « cohortes de Pétréens », attestées par la suite.

C'est ensuite le rôle de Pétra après l'annexion qui n'est pas parfaitement clair. Bosra fut, dès le début, capitale de la nouvelle province. Pourquoi Bosra plutôt que Pétra ? Sûrement parce qu'elle était en plein essor depuis quelques décennies et qu'elle était toute proche de la frontière sud de la province de Syrie, donc plus sûre. Mais l'on a pu penser aussi que Rome confirmait le choix que Rabbel II aurait déjà fait de Bosra comme nouvelle ou seconde capitale de son royaume. Cela reste douteux, car l'hypothèse repose sur l'interprétation de dédicaces nabatéennes de Bosra à « Dûsharâ A`râ, dieu de notre maître Rabbel qui est à Bosra » : mais est-ce Rabbel qui « est à Bosra », auquel cas il l'aurait peut-être choisie comme capitale, ou le dieu lui-même, puisque A`râ est connu par une inscription de Hégra comme le dieu topique de Bosra ? Dans cette seconde hypothèse, rien ne s'oppose à ce que Pétra soit restée capitale nabatéenne unique jusqu'à l'annexion, en dépit des travaux importants que Rabbel II fit faire à Bosra. En tout état de cause,

12. *Détail de la façade du tombeau de Sextius Florentinus, dans la falaise d'al-Khubthah. Ce gouverneur romain de la province d'Arabie choisit de s'y faire inhumer, entre 126 et 130 de notre ère, comme l'indique l'inscription latine gravée sur l'architrave en dessous du tympan semi-circulaire. Le décor architectural est typique des tombeaux « hellénisants » de Pétra : surcharge, chapiteaux à cornes, représentation d'une divinité féminine dans le tympan.*

dès la fin du royaume, Bosra – *Bostra* sous la forme romaine du nom – est capitale, et les événements de la province sont désormais datés, pour plusieurs siècles, par l'ère de Bosra, qui débute le 22 mars 106 ; la IIIe légion Cyrénaïque y est placée en garnison, pour plusieurs siècles également, à partir des années 140, et il faudra attendre la fin du IIIe siècle pour qu'un autre camp légionnaire, celui de la IVe légion Martia, soit construit à Betthôro (Lejjûn), plus près de Pétra, mais tout de même à près de 100 km au nord de l'ancienne capitale nabatéenne. Pétra n'a donc plus, dans l'Arabie romaine, aucun rôle militaire. A-t-elle perdu pour autant tout rôle politique, économique et culturel significatif ? Non, du moins jusqu'au milieu du IIe siècle.

Les premiers gouverneurs de la province romaine, en effet, se rendaient fréquemment à Pétra. L'un d'entre eux, Sextius Florentinus, y fut même enterré vers 127-129, selon ses dispositions testamentaires, dans l'un des tombeaux « hellénisants » les plus connus de la falaise du jebel al-Khubthah, comme en témoigne l'épitaphe latine de ce tombeau (photo n° 12). La ville fut honorée, dès l'année 114, du titre exceptionnel de « métropole », auquel il lui fut permis peu après de joindre l'adjectif *Hadriana,* en l'honneur du successeur de Trajan, avant qu'elle obtînt, sans doute d'Élagabal vers 220, le statut honorifique de « colonie ». Les archives de Babatha montrent que la métropole de Pétra était le lieu principal où se traitaient les affaires judiciaires de la partie sud de la province, jusque vers 130 en tout cas. Les monnaies nabatéennes, dont la frappe cessa évidemment avec l'annexion, restèrent très largement usitées, telles quelles ou surfrappées, pendant trois décennies, en l'attente de l'apparition d'un monnayage romain à Bosra et à Pétra, à l'extrême fin du règne d'Hadrien. Quant à la richesse de la ville, elle était encore imposante. La variété des produits exotiques qui y transitaient impressionnait, en 107, un jeune soldat romain du nom d'Apollinaris, qui écrivait à ses parents en Égypte. La parure monumentale de la ville continua de se développer au début du IIe siècle : outre le tombeau de Sextius Florentinus, on sait depuis peu que le pavement de la grande voie à colonnade du centre-ville date des années 100 (photo n° 9), et la porte monumentale du *temenos** du sanctuaire* dit Qasr al-Bint est postérieure à cette voie (photo n° 60).

Non seulement la ville – et plus généralement les villages de la Nabatène – ne périclitèrent pas, les fouilles récentes le montrent, mais ils

continuèrent de se développer, dans un cadre romanisé. Dès 111, Rome mit en chantier le grand axe nord-sud de la province, la *Via nova traiana,* une route pavée destinée à relier Damas et Bosra à la mer Rouge, *via* Pétra ; la route reprit l'itinéraire traditionnel de la « route des Rois », mais s'en écarta par endroits pour passer sur les hauteurs, pour des raisons militaires, plutôt que dans les fonds de vallée. L'ancienne capitale royale se mit rapidement à fonctionner comme une ville moyenne de l'Empire romain, avec une *boulè** (un sénat local), connue dès 124, dont les archives étaient conservées dans le temple d'Aphrodite. Au IIIe siècle, la ville était administrée, comme il est d'usage pour une colonie, par deux stratèges ou duumvirs. L'usage épigraphique du nabatéen ne disparut que très progressivement, et les noms locaux subsistèrent, mais les inscriptions grecques, rarissimes au Ier siècle, devinrent prédominantes aux IIe-IVe siècles : un certain bilinguisme gréco-nabatéen caractérisait certainement la ville durant toute cette période. Au total, l'impression prévaut qu'après une phase de transition, entre 106 et 150, où Pétra joue encore un rôle majeur, elle devient, entre 150 et 350, une ville plus ordinaire, quoique prospère. La seule grande fouille d'habitat menée dans la cité jusqu'ici, à az-Zantûr, montre que l'une des maisons de l'époque nabatéenne, incendiée au début du IIe siècle, ne fut reconstruite qu'au début du IVe et que cette maison tardive était moins luxueuse que la demeure nabatéenne qu'elle a remplacée. Aucun monument nouveau important, à l'exception du nymphée*, peut-être d'époque sévérienne (fin du IIe-début du IIIe siècle apr. J.-C.), n'est construit de façon sûre après 130, mais les monuments anciens sont au minimum entretenus, souvent sans doute remaniés ; vers 205, le gouverneur de la province, sa femme et ses enfants, dédient en latin une série d'autels dans le *temenos* du grand temple dit Qasr al-Bint.

Devenue une ville relativement secondaire, Pétra n'eut peut-être pas à souffrir directement des difficultés et troubles du IIIe siècle, particulièrement de l'invasion palmyrénienne de 269, alors que Bosra subissait d'importantes destructions. Cependant, c'est peut-être au IIIe siècle (sinon au IIe ou au IVe : le rempart est mal conservé et mal daté) que la partie centrale de Pétra fut munie d'une enceinte continue, de plan quadrangulaire irrégulier, enserrant une superficie de 65 hectares, plus restreinte que celle, de 85 hectares environ, que protégeait jusqu'alors une ligne discontinue de tours et de bastions, dont la « tour

13. *Élément d'une inscription grecque trouvée parmi les degrés de l'escalier menant au « marché supérieur » du centre-ville. Le texte complet se lit : « À l'empereur César, fils du divin Nerva, Nerva Trajan Auguste, très grand vainqueur des Germains, des Daces et des Parthes, grand pontife, investi de la puissance tribunicienne pour la dix-huitième fois,* imperator *pour la septième fois, consul pour la sixième fois, père de la patrie, la métropole de Pétra, sous Caius Claudius Severus, légat impérial propréteur. » Datée de 114, postérieure de peu à l'annexion romaine, l'inscription est la première à faire mention du rang de métropole pour Pétra.*

Conway » (voir p. 50). La différence de superficie étant modeste, l'apparition d'une enceinte autour du IIIe siècle ne signifie pas un déclin démographique marqué de la ville, mais témoigne d'une situation régionale plus menaçante.

Il est vrai néanmoins que nous ne savons rien de précis sur Pétra entre les années 220 et le milieu du IVe siècle, hormis ce que nous apprennent les fouilles des maisons d'az-Zantûr. Aucune inscription de la ville n'est datée entre le règne d'Élagabal et celui de Dioclétien (285-305). Alors que ce dernier et ses collègues tétrarques hérissent le *limes* d'Arabie de forteresses au tournant des IIIe et IVe siècles, Pétra reste à l'écart des grands événements de l'Orient sous leur règne et sous celui de Constantin. Le premier évêque connu pour la ville, Astérius, n'apparaît que lors du concile d'Alexandrie, en 362, un an avant le séisme qui détruisit Pétra.

14 *Intérieur du tombeau à l'Urne, ou tombeau-cathédrale, mur du fond. L'intérieur de ce grand tombeau nabatéen de la falaise d'al-Khubthah fut réutilisé comme église à l'époque byzantine, sous l'évêque Jason, comme l'indique une inscription grecque peinte, qui date la consécration du 24 juillet 446. On voit que trois absides ont été aménagées dans la paroi du fond, ainsi transformée en chevet tripartite. Quatre églises paléochrétiennes sont actuellement connues dans le grand Pétra.*

L'époque byzantine : déclin ou nouvelle splendeur ?

Les vestiges des trois siècles de la période byzantine ne sont pas ceux qui frappent le plus le visiteur de Pétra. Les savants, de même, ont longtemps tenu cette époque pour négligeable : on s'appuyait sur une brève citation de Jean d'Éphèse, qui qualifiait la ville au Ve siècle de « lointain et pénible exil », pour penser que Pétra, encore brillante au IVe siècle selon le rhéteur antiochien Libanios, n'avait connu qu'un long déclin, pour devenir progressivement insignifiante, victime, comme tout le Sud jordanien, bourgades et campagnes, d'un inexorable dépeuplement, aggravé par de terribles séismes, dont ceux de 363 et 419 – extrêmement graves – et celui de 551, dont les effets à Pétra sont beaucoup plus douteux : la cité byzantine n'aurait été qu'une petite ville étriquée, quelques maisons et boutiques édifiées sur les décombres de la grand-rue antique.

C'était faire peu de cas du statut de Pétra à cette époque (elle est probablement capitale

de la province de Palestine *Salutaris,* puis Palestine Troisième) ; des inscriptions grecques chrétiennes que fournit le site ; des importants réaménagements du tombeau à l'Urne, au pied du Jebel al-Khubthah, transformé en église en 446 apr. J.-C. par l'évêque Jason (photo n° 14) ; de l'impressionnant développement, enfin, des villes et villages du Néguev byzantin tout proche

Les fouilles des années 1990, de fait, ont permis de nuancer ce tableau d'un déclin continu. Certes, le séisme du lundi 19 mai 363, connu par une lettre en syriaque, eut sur toute la ville (notamment le théâtre, le temple aux Lions ailés, les habitations – seul le Qasr al-Bint restant relativement épargné) des effets dévastateurs, confirmés avec précision par les fouilles dans le quartier d'az-Zantûr. Mais Pétra fut ensuite en partie reconstruite. Outre l'église du tombeau à l'Urne, on y connaît maintenant deux grandes églises. L'une est l'« église de la crête » *(Ridge Church),* sur la limite nord-ouest de la ville byzantine, juste à l'intérieur des murailles qui longent la crête surplombant le wadi Abû `Olleiqah ; en dépit de sa situation dominante, elle ne présente pas d'intérêt majeur et ses mosaïques sont détruites. L'autre, toute proche mais plus remarquable, est la grande église fouillée au début des années 1990 par une équipe américano-jordanienne, sur le versant nord du wadi Mûsa, à 200 m au nord-est du temple aux Lions ailés. Reconstruite à la fin du Ve ou au début du VIe siècle sur une église plus ancienne, cette église, bien conservée, se compose d'un atrium et d'une basilique à trois nefs munies d'absides à l'est. Le pavement de la nef centrale était constitué d'un *opus sectile** de marbre et de grès rouge sombre, et ceux des deux nefs latérales sont de magnifiques mosaïques. Dans la nef nord, trois rangs de vingt-huit médaillons chacun figurent des objets à signification religieuse, des couples d'oiseaux, des animaux sauvages et des personnages. Dans la nef sud, la rangée centrale des motifs est constituée de cadres rectangulaires où sont représentés des personnages, notamment les personnifications des saisons, identifiées par des inscriptions en grec. Il est fréquent que l'iconographie des mosaïques paléochrétiennes se rattache ainsi à l'iconographie païenne antérieure. L'église possédait aussi, par endroits, des mosaïques murales.

En 1993, on découvrit dans ce monument un lot de papyrus, des archives qui avaient été conservées sur les étagères d'une pièce annexe située à l'angle nord-est : les fragments, plus ou moins épargnés par

15. *Détail de la grande église fouillée dans les années 1990 sur la crête nord du centre-ville. Le bâtiment visible, une basilique à trois nefs, fut construit vers 500 sur une église plus ancienne. L'extrémité est de la nef latérale sud, avec son abside, a été restaurée partiellement : on note le chancel vertical en marbre délimitant l'abside, et l'autel, également en marbre. Les médaillons du tapis mosaïqué représentent des paires d'animaux exotiques : zèbres, autruches et cerfs.*

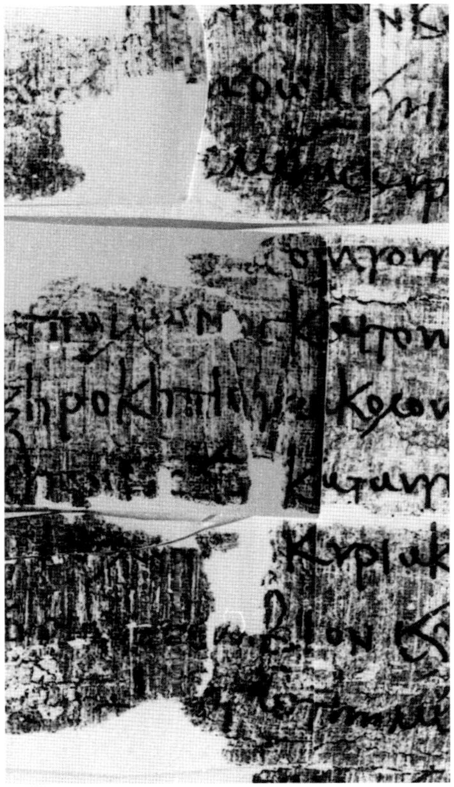

16. *Fragment de l'un des papyrus grecs de Pétra. Il fait partie du lot de 153 rouleaux découvert en 1993 dans la pièce d'angle nord-est de la grande église. Les textes, encore en cours de déchiffrement, constituent les archives de Théodoros, fils d'Obodianos, qui fut archidiacre de l'église. Ils s'échelonnent entre 528 et la fin du* VIe *siècle.*

l'incendie qui détruisit le bâtiment à une date inconnue, appartiennent à un ensemble de cent cinquante-trois rouleaux (parfois très longs : jusqu'à 8 ou 9 m et près de mille lignes de texte !) constituant une partie des archives d'un certain Théodoros, fils et petit-fils d'Obodianos, né en 514 ou peu après, et qui fut, dans le cours de sa carrière, archidiacre de cette église. Les documents, qui s'échelonnent entre – au moins – l'année 528 et l'extrême fin du VIe siècle, sont l'une des plus importantes sources d'information sur la vie administrative, économique, sociale et religieuse du sud du Levant à l'époque byzantine.

Concernant Pétra même, on y apprend tout d'abord qu'au VIe siècle, elle portait le long et glorieux titre de « colonie impériale antonine, remarquable, sainte, mère des colonies, hadrienne, Pétra, métropole (de la province) de Troisième Palestine *Salutaris* ». Les références aux empereurs Hadrien et « Antonin » (c'est-à-dire Élagabal) renvoient aux avantages honorifiques acquis aux IIe et II e siècles. Le titre de métropole confirme que Pétra avait encore, vers la fin de l'époque byzantine, le statut de capitale de province. La formule « mère des colonies », expression sémitique du prestige particulier de la cité, que l'on retrouve sur les inscriptions de Pétra comme de Palmyre sous la forme « métrocolonie », montre une importance dont ses habitants avaient toujours conscience. Des villes voisines, comme Augustopolis (l'actuelle Udhruh), 15 km à l'est, et de nombreux villages étaient soumis à l'autorité directe de Pétra, notamment sur le plan fiscal. Les papyrus montrent que les biens fonciers des habitants riches de Pétra s'étendaient à des localités situées jusqu'à une cinquantaine de kilomètres de la ville, et que ceux-ci étaient en relation avec une ville aussi lointaine qu'Éleuthéropolis, à mi-chemin entre Jérusalem et Gaza. Les personnages influents de la cité portaient parmi leurs noms celui de Flavius, comme il était d'usage à cette époque dans les classes dirigeantes de l'Empire byzantin, et la datation des documents officiels se fit à partir de 537 selon les années régnales des empereurs, aussitôt reçues les nouvelles instructions impériales en ce sens. La Pétra du VIe siècle n'est donc pas une insignifiante bourgade des marges de l'empire, mais un vrai relais régional de celui-ci. Pour autant, toute tradition locale n'est pas absente : par exemple, si les terres dont il est question dans les archives étaient en générale mesurées, selon le système officiel romain puis byzantin, en jugères (un quart d'hectare), certaines l'étaient selon une métrologie sémitique *(kor, se'ah, qab),* avec les unités

mesurant non la superficie des terrains mais le volume de graines nécessaire à leur ensemencement.

Un deuxième ensemble d'informations fourni par ces archives est d'ordre culturel et religieux. Les papyrus sont tous rédigés en grec, mis à part quelques lignes de latin. Cela ne saurait surprendre : dès avant l'annexion à l'Empire romain, le grec avait pénétré à Pétra. Par ailleurs, au début du IIe siècle, les papyrus des archives de Babatha et Salomé, provenant d'un milieu mixte juif et nabatéen, étaient en majeure partie écrits en grec. Dans les inscriptions sur pierre, l'écriture nabatéenne avait disparu au début du IVe siècle – l'une des plus tardives connues, en 328, étant celle de la tombe du roitelet arabe Imru'lqeis, à Nemara, dans la steppe syrienne – et le grec prédomine absolument dans l'épigraphie de Pétra du IVe au VIe siècle. Mais il est intéressant de noter que les papyrus de Pétra, tout grecs qu'ils sont, montrent que la langue communément *parlée* à Pétra et dans ses environs à l'époque était, à coup sûr, sémitique, déjà arabe probablement. Cela s'exprime à travers les noms de personnes : les personnages mentionnés par les papyrus, quand ils n'ont pas des noms grecs, essentiellement de signification chrétienne, portent tantôt des noms traditionnels nabatéens, tantôt des noms franchement arabes : ainsi le phylarque (chef de tribus) Abou Kârib. Les noms de lieux sont très souvent de pures transcriptions en grec de noms arabes : ainsi le hameau de *Baithtelalkeb* (littéralement en arabe : « la maison de la colline du keb »), le verger *Gannathalsalam* (« le paradis de la paix »), les monuments *Bethalakbar* (« la maison du plus grand »), *Darathalebad* (« la maison du culte ») et *Baithalmanam* (« la maison du sommeil », peut-être une hôtellerie), ou les nombreux toponymes débutant par *haram,* « la propriété sacrée de... » (peut-être d'une église). Sur le plan religieux, les papyrus indiquent la christianisation très générale de la cité et de ses parages, ce qui n'étonne pas dans une ville du Proche-Orient du VIe siècle, alors que, vers 420, selon la *Vie de Barsauma le Syrien,* Pétra comptait encore sans doute une majorité de païens, quand le saint homme y vint convertir les prêtres païens et renverser les idoles en provoquant par ses prières une pluie torrentielle après quatre ans de sécheresse. Moines, diacres, prêtres, évêques et chôrévêques (évêques des campagnes) sont fréquemment mentionnés dans les papyrus, et l'on y trouve au passage la plus ancienne mention assurée d'un lieu saint chrétien au mont Aaron (Jebel Hârûn, à trois

heures de marche au sud-ouest du centre) : « la maison d'Aaron » bénéficie, avec un hospice religieux, d'un legs prévu par l'un des documents. De fait, il existe sans doute au sommet du Jebel Hârûn, sous le *wâlî** islamique, les restes ténus d'une église byzantine, et, légèrement en contrebas, à 70 mètres à l'ouest, les traces plus substantielles d'une basilique et d'un petit monastère.

C'est enfin la vie économique et sociale de la Pétra byzantine et de ses dépendances qui sort de l'ombre grâce à ces archives du VIe siècle. La plupart de ces rouleaux sont en effet des contrats, enregistrés ou non juridiquement, relatifs à des acquisitions, cessions, héritages, partages de propriétés ou mariages, ou des reçus fiscaux. Or, la vie économique qu'évoquent ces textes tourne autour de questions de vignobles, vergers, terres à céréales, aires à battre le blé, cultures en terrasses, terres irriguées ou non, maisons urbaines ou rurales, étables, et la vie sociale autour des propriétaires terriens, des dignitaires de l'Église, des militaires et de leurs fermiers et esclaves. Les pâturages n'y sont mentionnés que très marginalement (ce quasi-silence était déjà celui des inscriptions de l'époque nabatéenne), le commerce caravanier ne l'est absolument pas. Si celui-ci n'avait pas nécessairement disparu de la vie économique de la Pétra byzantine (on sait, par d'autres sources, qu'il avait connu un regain de vigueur vers la fin du IVe siècle), on doit au moins conclure des archives du VIe siècle que les activités de la ville étaient, outre ses fonctions administratives et militaires, surtout orientées vers l'exploitation agricole de son territoire : l'évolution depuis l'époque nabatéenne avait donc été considérable. Allait-elle déclinant, même sur le plan agricole ? C'est possible, d'autant que les papyrus signalent des cas de personnes devenues incapables de payer leurs impôts et dont les biens sont confisqués au profit de propriétaires solvables, mais l'exploration archéologique des environs de Pétra ne permet pas de l'affirmer, ni les mentions, dans les papyrus, de hameaux devenus inhabités, donc abandonnés.

Quelles que fussent l'importance et la vitalité de la Pétra byzantine, on ne peut oublier que les habitants de cette époque vivaient dans un cadre urbanistique et architectural hérité de l'époque nabatéenne et romaine, dont ils réutilisaient les pierres et les grottes taillées pour édifier leurs propres bâtiments. Il est malheureusement impossible de se représenter comment ces citadins chrétiens comprenaient et vivaient les traces, qu'ils avaient constamment sous les yeux, des cultes bétyliques et

des pratiques funéraires nabatéennes… Certains noms des habitants du VIe siècle, comme Dusarios (du nom du dieu Dusarès) ou Obodianos (de celui des rois Obodas), montrent que les racines religieuses ou nationales nabatéennes n'étaient pas arrachées.

De la conquête islamique à la fin des années 1980

Les circonstances de la prise de contrôle de Pétra par les armées musulmanes dans les années 630 sont mal connues ; de même celles de la disparition de Pétra comme ville. Il faut d'abord rappeler que la conquête musulmane fut précédée, de 614 à 629 apr. J.-C., d'une invasion de la Syrie-Palestine par les Perses Sassanides, puis d'une brève reconquête byzantine : nous ne savons rien des incidences de celles-ci sur Pétra. En 630, lors de la progression vers le nord de l'armée musulmane, on sait par les sources arabes que les villes d'Aila (Aqaba) et Udhruh (peu à l'est de Pétra) furent soumises à un tribut annuel de 300 et 100 *solidi* respectivement, en échange de la protection des conquérants. Ces deux villes étaient donc passées aux mains des musulmans. En revanche, les mêmes textes ne disent rien de Pétra. Deux interprétations de ce silence sont possibles. Ou bien Pétra était déjà devenue, au début des années 630, une localité à ce point négligeable qu'elle n'avait plus rien à négocier et ne méritait même plus une mention : c'est peu vraisemblable, vu la vitalité de la ville durant le VIe siècle. Ou bien, dans cette première phase de la conquête, l'armée musulmane ne s'est pas risquée à attaquer cette place aisément défendable et dont la conquête n'était pas nécessaire à sa progression vers le nord. Si tel est le cas, on ne sait pas quand Pétra tomba finalement au pouvoir des musulmans mais c'était probablement chose faite lorsque, en 635, la bataille du Yarmouk, sur l'actuelle frontière jordano-syrienne, assura aux troupes califales le contrôle de toute la Syrie, ou au plus tard en 638, quand Jérusalem fut prise à son tour.

Par les textes, on ne sait rien de Pétra durant la haute époque islamique. Ce silence est pour l'instant confirmé par celui de l'archéologie, donnant à penser que la localité perdit, avant ou après la conquête, toute importance, en tout cas toute fonction urbaine. On ne saurait exclure que la multiplication des fouilles révèle dans l'avenir à Pétra une occupation sous forme de petite bourgade ou de village aux époques omeyyade (661-750) ou abbasside (VIIIe-Xe siècle) : quelques traces allant

en ce sens ont été trouvées dans les fouilles du temple aux Lions ailés, mais les explorations archéologiques montrent surtout pour ces siècles un abandon progressif de tout le Sud jordanien par les habitants sédentaires. Seuls le port d'Aila-Aqaba et les localités d'Udhruh, où se tint en 658 la réunion qui décida l'installation du califat à Damas, et de Humeima (à mi-chemin de Pétra et d'Aqaba), qui fut en 686 le point de départ des menées des Abbassides, émergent pour l'instant de ce silence des textes et des données archéologiques et jouèrent à cet époque un important rôle commercial (pour Aila) et politique (pour Humeima et Udhruh).

17. *Le* wâlî* *du Jebel Hârûn, connu comme « tombeau d'Aaron », le frère de Moïse. Visible de très loin et dominant le fossé du wadi* `Arabah, le petit édifice musulman du* XIVe *siècle, qui abrite un cénotaphe, recouvre peut-être les restes d'une église byzantine. Une autre, avec un monastère, se trouve à quelques dizaines de mètres en contrebas, à l'ouest. La tradition qui localise ici la sépulture d'Aaron remonte au moins au* Ier *siècle de notre ère.*

Deux ensembles monumentaux et un récit jalonnent la vie, encore mal connue, de Pétra depuis la fin de l'époque abbasside, c'est-à-dire depuis le milieu du VIIIe siècle.

■ Nebî Hârûn : le lieu légendaire – mont Hor dans la Bible – de la mort et de la sépulture d'Aaron, le frère de Moïse (le nom de ce dernier survit dans le wadi Mûsa), dans les traditions juive, chrétienne et musulmane, est un point culminant qui, à l'ouest de Pétra, surplombe de façon impressionnante le wadi `Arabah. Il fut de très longue date un lieu saint : l'historien juif Flavius Josèphe, au Ier siècle apr. J.-C., situait déjà le mont Hor à proximité de Pétra. À l'époque byzantine, on l'a vu, une petite église et, non loin, un monastère, étaient établis là. Il est possible qu'ils y aient perduré durant tout le haut Moyen Âge, car les chroniqueurs des croisades les mentionnent et y signalent quelques moines orthodoxes, au XIIe siècle et au début du XIIIe. L'installation chrétienne fut remplacée au début du XIVe siècle par le petit *wâlî** musulman que l'on visite actuellement, une salle rectangulaire aux murs faits de blocs antiques réemployés et surmontée d'une petite coupole ; une crypte est située en dessous. L'inscription arabe du cénotaphe, peu lisible comme celle de l'entrée du bâtiment, attribue la restauration de ce *dharîh* (un mot déjà usité en nabatéen pour désigner une chambre funéraire) au sultan mamelouk Muhammad, fils du célèbre Qalâwûn.

L'endroit est resté à travers les âges un lieu de pèlerinage, secondaire mais persistant, un lieu de contact visuel entre le plateau transjordanien et le Néguev.

■ Les forteresses des croisés : la Pétra de l'Antiquité n'avait de rôle militaire que parce qu'il s'agissait d'une ville importante, à protéger comme telle dans les périodes d'insécurité. Au Moyen Âge, on l'a vu, Pétra n'est plus une ville, peut-être même plus une bourgade. Ce sont donc seulement sa situation géographique et les possibilités stratégiques de certaines de ses hauteurs qui amenèrent les croisés à s'y intéresser, cela dès 1100, donc l'année qui suivit la prise de Jérusalem, quand les Francs tentèrent sans succès une première opération contre le « Val Moyse » (wadi Mûsa). La défense des confins orientaux du royaume latin de Jérusalem conduisit ensuite les croisés à édifier sur le rebord occidental du plateau transjordanien une ligne nord-sud de places fortes, le long de la traditionnelle « route des Rois », du pays de Moab à l'île de Graye (Jezîret Fir`aoun dans le golfe d'Aqaba), et à en faire l'épine dorsale de la seigneurie d'oultre-Jourdain, créée en 1142. Pétra y joua un rôle certes moins important que le krak de Moab (Kérak), capitale de la seigneurie, ou que celui de Montréal (Shôbak), mais ses hauteurs naturellement fortifiées et sa position sur la route de l'intérieur entre l'Égypte et la Syrie expliquent qu'y fut fondé un réseau de forteresses : al-Habîs, la butte rocheuse qui, de l'ouest, surplombe le Qasr al-Bint, était le centre du dispositif franc ; une forteresse annexe – à moins qu'il s'agisse d'un poste nabatéen – couronnait le Jebel al-Madhbah, qui domine le théâtre antique au sud ; une autre s'élevait non loin du Sîq al-Bâred près de Beidâ ; enfin, à al-Wu`eirah (« Li Vaux Moyse »), à 3 km à l'est du centre-ville, une citadelle fondée sur le roc contrôlait l'ensemble des accès au bassin de Pétra. Ses ruines encore intéressantes, en cours de fouille, montrent que la forteresse ne fut pas réutilisée par les musulmans après le départ des croisés, à la différence de celles de Shôbak ou Kérak. Elle fut la dernière place franque de Transjordanie à tomber aux mains de Saladin, en 1189 : Pétra sortit alors à nouveau de l'histoire.

■ Le récit du passage du sultan Baïbars par Pétra : à la fin du XIIIe siècle, les annales de Muhyî ad-Dîn ibn `Abd az-Zâhir, reprises par le chroniqueur Nuwairî (1279-1332), racontent le voyage que fit le fameux sultan mamelouk Baïbars, en 1276, du Caire à son château de Kérak, où il se hâtait d'aller punir des comploteurs. Après avoir traversé

le nord du Sinaï et le Néguev central, il atteint au bout de cinq jours un district qui est à l'évidence celui de Pétra : le chroniqueur en décrit les gorges escarpées et les grès colorés, mentionne le tombeau d'Aaron, la forteresse d'al-Aswît (sans doute al-Habîs), puis « les villes des enfants d'Israël, parmi les grottes les plus merveilleuses : ce sont des maisons ornées de colonnes et de portes, leurs façades sont sculptées dans le roc même au moyen de ciseaux, toutes chantournées et décorées de frises pour former des figures vivantes, comme si c'étaient des habitations pour les gens d'aujourd'hui ». Il est donc clair que, lors de ce passage de Baïbars, Pétra n'était plus qu'un admirable champ de ruines, dont on avait oublié le nom et l'histoire et dont les tombeaux étaient pris pour des maisons.

Baïbars termina sa « visite » de Pétra en empruntant le Sîq et en passant par la « source de Moïse », poursuivant sa route vers Shôbak et Kérak, et l'on n'entendit plus reparler de Pétra jusqu'à sa redécouverte par Burckhardt cinq siècles et demi plus tard.

Pétra ne fut durant tout ce temps, et même jusque dans la seconde moitié du XXe siècle, qu'un lieu de pâturage, de campement, d'habitat saisonnier en grottes pour les pasteurs semi-nomades, à l'écart des itinéraires des grandes tribus caravanières et des routes du pèlerinage de La Mekke. Ce furent donc des siècles d'obscurité totale, qui n'effacèrent pourtant pas certaines traditions relatives aux noms de lieux-dits, que l'on trouve parfois inchangés entre les papyrus du VIe siècle (et sans doute beaucoup plus tôt) et nos jours. Au début des années 1980, les visiteurs pouvaient encore voir dans le site les familles de Bédouins Bdûl, fort pauvres, mener leur vie ancestrale sous tente ou dans les grottes de Pétra (appelées *tôr* pour les grottes naturelles, *mughur* pour les grottes taillées), faisant paître quelques troupeaux de chèvres et brebis et quelques rares dromadaires, achetés à Ma`ân et revendus à Ber-Sheba, mais sans pratiquer l'agriculture. L'histoire de ces Bdûl, une fraction de la grande confédération des Huwaytât, et les circonstances de leur installation à Pétra (vers 1850) restent mal connues. Certains de leurs propres récits traditionnels soulignent leur descendance des Nabatéens, mais il s'agit de reconstructions légendaires alimentées par le flot grossissant des explorateurs eux-mêmes : en effet, les premiers visiteurs du XIXe siècle ne mentionnent pas les Bdûl dans les ruines de Pétra, et les habitants du vieux village d'al-Jî, près de Wadi Mûsa, appartenaient à une autre tribu, les Liyâthneh, qui étaient agriculteurs. Burckhardt signale qu'au tout

début du XIXe siècle, le village de Debdebeh (aussi appelé Bedebdeh), près de Beidâ, venait d'être abandonné par ses habitants traditionnels, des chrétiens de rite grec, partis vers la région de Kérak : d'après les descendants actuels de ce groupe, établis à Smâkiyyeh, près de Kérak, il s'agissait là des derniers descendants des Nabatéens à avoir habité aux environs de Pétra.

Au vu des dégradations que les Bdûl faisaient subir aux monuments, surtout par leurs feux, par les parcours du bétail et par les couches de déjections des animaux dans les grottes, le gouvernement jordanien décida leur déplacement vers le nouveau village d'Umm Seihûn, qui eut lieu en 1985, date qui coïncida à peu d'années près avec l'essor du tourisme de masse à Pétra.

18. *Femme Bdûl préparant le thé devant le* bêt sha`r, *la tente bédouine traditionnelle en poils de chèvre. Les Bdûl ne se sont installés à Pétra que vers 1850. Ils ont quitté le site en 1985 à la demande des autorités jordaniennes pour s'installer dans le nouveau village d'Umm Seihûn.*

PÉTRA DANS LES DERNIÈRES ANNÉES DU XXe SIÈCLE

Le développement du tourisme international et le retour à une paix relative au Levant ont entraîné, en effet, un essor sans précédent de l'activité touristique dans des pays tels que la Syrie et la Jordanie et, encore plus récemment, le Liban. Les autorités locales ont parfois eu des difficultés à gérer un nombre de plus en plus grand de visiteurs et surtout à protéger les sites contre les conséquences d'un tourisme massif. Pétra n'a pas échappé à cette situation, et ce n'est que très récemment que des mesures importantes ont été prises pour que les exigences du tourisme n'entraînent pas une dégradation irréversible de l'environnement naturel du site. Les chevaux sont désormais interdits dans le défilé du Sîq, et seules des carrioles, réservées aux personnes peu mobiles, peuvent y circuler. Il reste, bien sûr, à régler des problèmes cruciaux, au premier rang desquels figure celui de l'eau. Les besoins des hôtels sont trop importants par rapport aux ressources disponibles, et une grande partie de la population des villages de Wadi Mûsa et d'Umm Seihûn est régulièrement privée du précieux liquide. Cette situation est à l'origine de deux projets hydrologiques. Le premier, lancé par une organisation non gou-

Double page précédente :
19. *Quatre tombeaux de type Hégra, à l'extrémité nord de la nécropole du jebel M'eisrah ouest. Le troisième à partir de la gauche a souffert de l'érosion et le décor de la façade – s'il en avait une – a disparu. Le dernier de la rangée a gardé des traces d'enduit sur l'entablement*. En dessous, à gauche, on note un tombeau inachevé : seule la rangée de merlons* a été taillée.*

vernementale jordanienne, le Petra National Trust, a pour objectif la régulation du bassin hydrographique du Sîq et une remise en état des systèmes nabatéens de collecte de l'eau. Le second, mené par Électricité de France, vise à une maîtrise globale du réseau hydrographique par la combinaison de trois actions : la lutte contre les crues grâce à la remise en service des barrages nabatéens ou à la construction de nouvelles retenues, la création de réservoirs souterrains pour recueillir les eaux de ruissellement en vue de leur consommation domestique et l'abaissement du niveau de la nappe phréatique afin de diminuer en volume les remontées capillaires. Ces dernières, inévitables sous l'effet de la chaleur et de l'évaporation, sont en grande partie responsables de la dégradation des monuments rupestres. En effet, après évaporation de l'eau, les minéraux contenus dans la roche cristallisent à la surface des grès, provoquant ainsi leur déstructuration. L'érosion mécanique et éolienne a ensuite peu à faire pour que des éléments de façade, quand ce ne sont pas des pans entiers de monuments, disparaissent ou s'effondrent irrémédiablement.

Le problème de l'eau et celui de la conservation des façades sont donc indissolublement liés. C'est pourquoi, parallèlement à son projet hydrologique, Électricité de France a cherché des moyens de consolider la pierre. La méthode mise au point consiste à introduire dans la structure même de la pierre, par électrophorèse*, un minéral de synthèse dont la cristallisation renforce la résistance du grès. Les travaux de restauration proprement dits sont, quant à eux, menés par le Centre de conservation et de restauration de Pétra (CARCIP), placé sous l'égide de l'Agence allemande de coopération technique. Des mortiers spéciaux, structurellement très proches des grès de Pétra, sont actuellement testés sur deux tombeaux pour boucher les fissures et combler les trous creusés par l'érosion, mais il faudra attendre de nombreuses années avant que les façades les plus abîmées soient entièrement restaurées.

20 *Porte de tombeau. La partie inférieure a été détruite par l'érosion.*

Depuis 1985, la capitale nabatéenne est inscrite sur la liste des sites du patrimoine mondial dressée par l'Unesco. À ce titre, elle bénéficie des actions que mène cette institution, et un plan d'aménagement de l'ensemble du site a récemment été élaboré sous son patronage. Mais c'est aussi à nous, visiteurs potentiels, de la respecter et de faire en sorte qu'elle garde, pour les générations futures, le charme qu'elle a aujourd'hui.

LE SITE ET SES MONUMENTS

L'alimentation en eau

À l'époque nabatéenne, les conditions climatiques étaient à peu près identiques à ce qu'elles sont aujourd'hui, soit un climat semi-désertique de type méditerranéen dégradé permettant tout juste une agriculture sèche de faible rendement. Sur le site de Pétra, la pluviométrie n'est que de 150 mm par an, alors qu'elle est de 250 mm sur le plateau du Sharâ, quelques kilomètres plus à l'est. Plus de 60 % des pluies tombent de décembre à mars, 20 % en octobre et novembre, 14 % en avril et mai. Le site connaît donc quatre longs mois de sécheresse durant lesquels les habitants ne pouvaient compter que sur leurs réserves. Par ailleurs, l'importance du dénivelé entre le Sharâ et le wadi `Arabah – 1 500 m sur moins de 35 km – a pour conséquence un ruissellement important : d'est en ouest, les flots traversent les grands ensembles naturels et deviennent rapidement torrentiels et dévastateurs.

Le site bénéficie en outre de la présence, dans sa périphérie immédiate, de trois sources pérennes d'un débit journalier de 20, 60 et 540 m^3. Elles s'ajoutent aux deux autres sources, de débit moyen, qui jaillissent à l'intérieur du site, dans le wadi* Abû `Olleiqah et dans le wadi as-Siyyagh. Les eaux de pluie et celles de ces cinq sources, collectées et canalisées, ont suffi à alimenter pendant plusieurs siècles une ville de plusieurs milliers d'habitants.

Les Nabatéens maîtrisaient parfaitement les techniques hydrauliques, et leur compétence dans ce domaine a souvent été évoquée

21. *Le massif d'al-Khubthah, à la hauteur du* triclinium* *de Dorothéos, reconnaissable à ses trois fenêtres, sur la droite. Au-dessus des ouvertures, on distingue bien, sous la forme d'une saignée horizontale traversant le cliché de part en part, la canalisation rupestre qui reliait les réservoirs d'ar-Ramleh, à l'entrée du site – et au-delà sans doute `Aïn Mûsa – à la grande citerne aménagée devant le tombeau à Étages.*

comme argument pour faire de l'Arabie du Sud, célèbre pour ses ouvrages d'art, leur patrie d'origine. Quelle que soit la réponse à cette question, il est certain qu'ils ont manifesté à la fois de beaucoup d'ingéniosité et d'une grande technicité dans la mise en œuvre des moyens de collecte de l'eau. Celle-ci se faisait à plusieurs niveaux. Le premier, local, consistait à capter l'eau de ruissellement grâce à des canalisations creusées à même le rocher et à la conduire jusqu'à des citernes également rupestres. L'étendue du bassin de collecte et la quantité de canaux aménagés dépendaient de la capacité de stockage des citernes qui variait de 2 ou 3 m^3 à plus de 300. L'eau était parfois filtrée à l'aide d'un bassin de décantation, et l'évaporation endiguée au moyen de dalles de couverture posées sur des arcs maçonnés dont les points d'ancrage sont souvent conservés. La configuration des citernes est liée à la nature du terrain : elles peuvent être souterraines et piriformes, à demi souterraines creusées dans la paroi verticale du rocher ou encore simplement rectangu-

laires creusées dans le sol (photo n° 22). Pétra en compte plus de deux cents, réparties plus ou moins régulièrement sur le site, qui assuraient à la population des réserves en eau dont la quantité, difficile à estimer car la profondeur des citernes n'est pas souvent connue, est au moins égale à plusieurs milliers de mètres cubes. Cette méthode, simple et nécessitant peu de moyens, était sans doute mise en œuvre par des familles ou ensembles de familles s'associant pour les travaux.

À un autre niveau, plus complexe et de plus grande envergure, l'eau de deux des trois sources jaillissant à l'extérieur du site, `Aïn Mûsa à l'est et `Aïn Brâq au sud, fut canalisée sur plusieurs kilomètres (photo n° 23) et acheminée jusque dans le site même où elle était stockée dans de grands réservoirs jouant le rôle de châteaux d'eau. En raison de la distance à parcourir et de la nature accidentée du terrain, plusieurs aqueducs furent construits sur le parcours, et on peut raisonnablement penser qu'un tel plan d'aménagement hydraulique nécessita l'intervention d'une autorité municipale.

On sait, par les nombreux escaliers rupestres menant à des canalisations, que les systèmes de collecte et d'acheminement de l'eau étaient régulièrement nettoyés. L'efficacité des installations est telle qu'aujourd'hui encore, et malgré l'absence totale d'entretien, de nombreuses citernes nabatéennes de Pétra sont régulièrement et naturellement remplies grâce aux pluies hivernales et contiennent encore de l'eau à la fin de la saison sèche. Les Bédouins s'en servent pour abreuver leurs troupeaux de chèvres, perpétuant ainsi une tradition vieille d'une vingtaine de siècles.

À gauche : 22. *Citerne rupestre dans le wadi* M`eisrah ouest. C'est le point d'aboutissement d'un système local de collecte de l'eau de pluie. Elle était couverte au moyen d'arcs maçonnés sur lesquels des dalles jointives étaient posées transversalement. La couverture s'est effondrée, mais les points d'ancrage des claveaux d'arcs, sous la forme de petites niches, sont bien visibles au sommet de la paroi de la citerne. Un escalier permettait d'accéder au fond pour la nettoyer.*

À droite : 23. *La canalisation rupestre qui longe la rive gauche – sud – du Sîq et qui amenait l'eau de `Aïn Mûsa jusqu'au centre de Pétra.*

Relatant les événements de 312, Diodore de Sicile qualifie la « roche » des Nabatéens d'inexpugnable tout en précisant qu'elle n'était pas fortifiée (*Bibliothèque historique* XIX, 94, 2). Deux siècles plus tard, Strabon (*Géographie* XVI, 4, 21) rapporte que la défense de Pétra était assurée par les barrières naturelles qui l'entourent et ajoute que, la paix régnant, les villes nabatéennes n'étaient pas entourées de remparts (4, 26).

Essentielles pour déterminer l'extension de l'espace urbain, les fortifications de Pétra ont été explorées depuis les années 1930, mais leur tracé véritable et leur fonctionnement stratégique n'ont été mis en évidence que récemment. À l'époque nabatéenne, la ville n'était pas entourée d'un rempart continu. Des tours dominant le paysage, flanquées de segments de murs plus ou moins longs, permettaient de surveiller les voies d'accès au site et de transmettre, par des signaux de lumière, des messages simples dont la signification était ensuite précisée par des messagers. Ceux-ci empruntaient des sentiers trop étroits et trop abrupts pour être utilisés par des troupes nombreuses et bien armées. C'est à cette stratégie que les Nabatéens ont eu recours lors de l'attaque des Grecs, puisque c'est grâce à des « guetteurs placés sur la montagne » (*Bibliothèque historique* XIX, 96, 3) qu'ils ont pu prévenir leurs troupes de la seconde attaque d'Antigone. Comme l'ont très bien dit deux spécialistes de l'espace urbain de Pétra, l'avantage d'un tel système, qui exploite empiriquement les caractéristiques naturelles du site, est tactique, car « des troupes réduites de défenseurs qui, éparpillées sur un long rempart continu correspondant aux dimensions du site ne représenteraient qu'une force dérisoire, auraient, concentrées sur des points où ils disposent de tous les avantages du terrain, une efficacité redoutable » (J.-M. Dentzer et F. Zayadine).

La plus connue et la mieux conservée de ces tours, qui commandait les accès au site depuis le nord, porte le nom de l'archéologue britannique A. Conway. Il s'agit d'une structure circulaire d'environ 25 m de diamètre dont le mur d'enceinte mesure plus de 4 m d'épaisseur. Il entoure des structures circulaires taillées dans le rocher, interprétées comme des tranchées de fondation de murs. Au milieu affleure le rocher naturel, dallé par endroits.

Ultérieurement, un rempart continu dont la date, entre Dioclétien (285-305) et l'époque byzantine, n'est pas précisée, a été construit en

deçà de la ligne de fortifications nabatéennes. Il témoigne d'une régression de l'espace urbain puisqu'il empiète, dans sa partie nord, sur des maisons des Ier siècles av. et apr. J.-C. qui avaient déjà été abandonnées au moment de sa construction.

Tombeaux et nécropoles

Les tombeaux sont les monuments nabatéens les plus étudiés et ceux qui ont soulevé le plus de controverses. Ils sont présents sur tous les sites et sont particulièrement visibles dans ceux où domine l'architecture rupestre, car ils nous sont parvenus dans un meilleur état de conservation que les tombes des sites « classiques » comme Bosra en Syrie, Umm al-Jimâl ou encore Khirbet adh-Dharîh en Jordanie. C'est leur nombre et leur présence quasi obsédante le long des falaises rocheuses qui ont longtemps fait croire que Pétra n'était qu'une immense nécropole et non un centre urbain aux activités multiples, véritable capitale d'un royaume et siège de son gouvernement. L'abandon définitif de cette vision réductrice ne change cependant rien au fait que le site contient plus de six cents tombeaux à façade auxquels s'ajoutent les tombes à fosse et à puits ainsi que les chambres funéraires. Leur accorder une place de choix dans ces pages revient seulement à respecter la volonté des Nabatéens, puisque les tombeaux étaient pour eux un signe extérieur de richesse ou de position sociale et étaient avant tout destinés à être *vus*.

Les types de tombes

Depuis le premier inventaire des tombeaux de Pétra, réalisé au début du siècle par les explorateurs allemands R. E. Brünnow et A. von Domaszewski, la classification des monuments funéraires de Pétra a peu évolué. En effet, depuis cette époque, l'essentiel du débat a porté non pas sur la typologie elle-même, qui, dans l'ensemble, reste valable, mais sur le rapport entre cette typologie et la datation des tombes. À une première théorie selon laquelle l'existence de différents types de tombes refléterait un développement chronologique a succédé l'idée selon laquelle le choix d'un certain type de tombe traduit plutôt le niveau social et, par voie de conséquence, le degré de richesse, de son commanditaire. Cette idée, séduisante et certainement exacte même si elle n'explique pas toutes les différences entre les tombes, résulte en grande partie de l'ana-

lyse des tombeaux de Hégra (moderne Medâ'in Sâleh). Ce site d'Arabie du Nord, le plus important après Pétra pour qui s'intéresse à la civilisation nabatéenne, contient environ quatre-vingts tombeaux, dont trente-trois sont datés par des épitaphes gravées sur la façade, tandis qu'une quinzaine portent la signature du sculpteur qui les a taillés. En cela, ils sont très différents de ceux de Pétra, qui sont tous, à quelques exceptions près, anépigraphes. Dans leur quasi-totalité, les tombeaux datés de Hégra ont été construits durant les trois premiers quarts du Iᵉʳ siècle apr. J.-C. À moins de considérer que l'évolution des styles était déjà achevée au tout début de notre ère, cette concomitance montre l'absence de corrélation entre les quatre types auxquels appartiennent ces tombeaux et leur datation. L'étude très complète menée récemment par J. S. McKenzie a montré toutefois que des variations fondamentales étaient intervenues avec le temps au sein de chacun d'eux : ils sont devenus plus ramassés, et les détails architecturaux, y compris les moulures, ont été progressivement simplifiés. L'observation selon laquelle les monuments qui présentent des moulures et des éléments de décor architectural identiques sont contemporains a ensuite été appliquée à Pétra. Les monuments de la capitale nabatéenne pour lesquels on dispose d'un élément de datation – matériel archéologique, inscriptions, chronologie relative –, qu'il s'agisse ou non de tombes, ont alors été répartis, d'après les caractéristiques de leur décor architectural, en six groupes couvrant la période comprise entre la fin du Iᵉʳ siècle avant notre ère et le premier tiers du IIᵉ siècle de notre ère. Enfin, subissant la même analyse, les tombeaux non datés de Pétra ont été associés à l'un de ces six groupes, leur chronologie étant ainsi établie pour la première fois sur des bases solides. Cette étude ne porte toutefois que sur les plus grands et les plus élaborés d'entre eux, une vingtaine au total, et la chronologie de la grande masse des tombeaux ordinaires de Pétra reste obscure.

Bien que la typologie des tombeaux, complétée et affinée depuis le début du siècle, ne s'inscrive pas dans un cadre chronologique, elle reste valide pour ce qui concerne l'aspect général des façades. Nous la présentons ci-dessous, car elle permet de « lire » les nécropoles de Pétra comme un livre.

■ Des tombes à fosse aux chambres funéraires : les tombes les plus nombreuses de Pétra sont celles du petit peuple, de tous ceux qui n'étaient pas assez riches pour faire tailler, pour eux et pour leur famille,

24. *Tombeaux à une ou deux rangées de merlons* dans la nécropole du théâtre. Ils comptent parmi les plus simples de Pétra. Les merlons, dont le nombre varie selon la largeur du tombeau, occupent la partie supérieure de la façade. Certaines portes sont surmontées d'une rainure horizontale dans laquelle des éléments de décor en stuc ou en pierre étaient insérés. En l'absence d'inscriptions, ces tombeaux restent désespérément anonymes, et très difficiles à dater, comme la plupart des tombeaux de Pétra. Cette nécropole, en partie amputée par l'aménagement du théâtre, dans la première moitié du Iᵉʳ siècle de notre ère sans doute, apparaît cependant comme l'une des plus anciennes de Pétra.*

un tombeau avec façade décorée. Les plus simples sont les tombes à fosse, excavations rectangulaires d'environ 2 m de long, 0,60 m de large et 0,70 m de profondeur. Elles sont souvent entourées d'une feuillure* sur laquelle des dalles de couvertures jointives étaient posées perpendiculairement à l'axe de la tombe. Ce type de monument funéraire est extrêmement répandu depuis qu'il est apparu en Palestine à la fin du bronze ancien, vers 2300-1900 av. J.-C. Ces tombes reçoivent normalement un seul corps, mais les sépultures multiples, rendues nécessaires par le manque de place ou de moyens, sont assez fréquentes.

Réservées à des familles ou à d'autres collectivités funéraires, les tombes à puits sont, elles aussi, creusées dans la surface horizontale du sol, mais la fosse se poursuit par un puits plus ou moins profond qui débouche dans une chambre funéraire. Celle-ci, qui s'étend sur un ou deux côtés du puits, peut contenir des tombes à fosse ou des *loculi**. Lorsqu'elle est vide, il faut imaginer que les défunts étaient posés directement sur le sol, éventuellement dans un sarcophage en bois. Des encoches, creusées le long de la paroi verticale du puits, facilitaient la descente dans la chambre funéraire. On relève parfois la présence, près des fosses et des puits, d'une à trois cupules peu profondes, taillées à même le rocher, dans lesquelles étaient versées des libations*. Ces deux types de tombes sont aujourd'hui difficiles à distinguer, car leur aspect extérieur est identique et elles sont presque toujours remplies de sédiments.

25. Intérieur du tombeau au Serpent, ainsi appelé en raison du relief qui orne l'une de ses parois intérieures : un serpent qui attaque un animal et un cheval portant un cavalier ou un bétyle. La chambre funéraire contient onze tombes à fosse qui occupent quasiment toute la surface disponible. Les tombes à fosse sont le dispositif funéraire le plus commun à Pétra et dans le monde nabatéen.*

Les chambres funéraires constituent une troisième catégorie de tombes simples. Taillées dans la paroi verticale du rocher, ce sont des grottes dont la paroi extérieure ne présente généralement aucun décor. Elles contiennent un nombre variable de *loculi* ou de tombes à fosse et souvent une combinaison des deux.

■ Les tombeaux à façade à rangée(s) de merlons* : la plupart des façades de tombeaux de Pétra sont décorées de merlons, motif d'origine

assyrienne introduit peut-être en Nabatène par l'intermédiaire de la Phénicie où on le retrouve notamment dans le sanctuaire* de `Amrît, sur la côte syrienne, daté de l'époque perse achéménide. Dans une première catégorie de tombeaux, la partie supérieure de la façade est occupée par une ou deux rangées de quelques merlons. Ceux-ci, complets au milieu de la rangée, sont encadrés, à chaque extrémité, de deux demi-merlons. Un tore* est toujours laissé en saillie en dessous des merlons et, dans les exemples à deux rangées, au-dessus de la rangée inférieure. La porte est souvent surmontée d'une moulure en relief ou d'une rainure dans laquelle s'encastrait une moulure rapportée. Elle est parfois encadrée de pilastres* portant un linteau et peut recevoir, quoique plus rarement, un fronton triangulaire taillé à même le rocher ou fixé dans des entailles prévues à cet effet.

■ Les tombeaux à façade à demi-merlons (proto-Hégra et Hégra) : dans ces trois catégories de tombeaux, les rangées continues de merlons sont remplacées par deux demi-merlons disposés aux extrémités du couronnement de la façade. Dans les exemples les plus simples, appelés tombeaux à demi-merlons, ils sont supportés par un entablement* com-

26. Tombeau à deux rangées de merlons. La partie inférieure de la façade s'est effondrée, fragilisée par la remontée capillaire de l'eau des nappes phréatiques depuis que les eaux de pluie de la ville ne sont plus captées : les sels minéraux se fixent alors à la surface de la paroi rocheuse, ce qui facilite le travail de l'érosion éolienne et pluviale. Les rangées de merlons sont soulignées ou surlignées par des tores*, moulures saillantes horizontales en forme de boudins.*

27. Série de petits tombeaux à demi-merlons d'angle symétriques. De façon imagée, on les appelle aussi parfois « tombeaux à escaliers ».*

28. Tombeau de type Hégra situé dans la nécropole du jebel M'eisrah ouest. Remarquer les deux niveaux d'entablement séparés par un attique* nu et les deux demi-merlons* d'angle symétriques, l'ensemble caractérisant le type Hégra. La porte de ce tombeau est particulièrement travaillée : son encadrement extérieur est composé de pilastres* doublés de quarts de colonne qui supportent un fronton triangulaire décoré de trois acrotères*.*

posé de bas en haut d'une plate-bande*, d'un tore et d'une gorge égyptienne*. Dans les tombeaux de type proto-Hégra, dont le nom indique bien qu'ils sont une variante moins développée du type Hégra, la façade se complique par l'ajout, à chaque extrémité, de pilastres d'antes* pourvus de chapiteaux nabatéens. Ils supportent la plate-bande qui fait donc office d'architrave, la façade imitant alors l'entrée d'un temple grec *in antis**, à la différence que, dans les tombeaux de Pétra, tous ces éléments sont ramenés dans un même plan. La porte est plus souvent surmontée d'un fronton que dans les types précédents. Dernier maillon de l'évolution typologique, les tombeaux Hégra se distinguent des précédents par la présence, au-dessus des pilastres d'ante, d'un entablement ionique séparé de l'entablement à gorge égyptienne par un attique* (photos nos 19 et ci-contre). Dans les façades les plus élaborées, l'attique ne reste pas vide, mais reçoit un décor de pilastres tronqués ou, dans un cas seulement, de motifs décoratifs tels que boucliers et figures mythologiques (photo no 73). Parfois, deux demi-colonnes supplémentaires viennent rythmer la façade, et des quarts de colonnes peuvent être accolés aux pilastres d'ante. La porte est presque toujours surmontée d'un fronton triangulaire et peut être décorée d'une frise dorique*.

■ Les autres types de tombeaux : Pétra compte une quarantaine de tombeaux dits « à arceaux ». Leur façade, généralement peu élevée, est encadrée de pilastres supportant un cintre mouluré au milieu duquel est parfois taillée une patère* (photo no 29). La porte, également encadrée de pilastres, peut, elle aussi, être surmontée d'un cintre.

Une autre catégorie de tombeaux, dits « hellénisants », doit son nom à la présence, au-dessus de l'entablement et à la place des demi-merlons qui disparaissent complètement du décor, d'un fronton triangulaire (photo no 30). On les appelle parfois « tombeaux-temples », car le fronton leur donne l'aspect d'un temple. Les monuments les plus grands et les plus connus de Pétra, tels que le tombeau Corinthien ou le tombeau à l'Urne, ainsi que la Khazneh et le Deir, appartiennent à ce type de façade.

Il est évident que les tombeaux les plus élaborés sont également les plus grands, et l'on ne sera pas étonné de constater que les tombeaux de type Hégra de grandes dimensions sont proportionnellement beaucoup plus nombreux que les tombeaux à rangée(s) de merlons de dimensions comparables. Cette règle n'est cependant pas générale, et les

exceptions témoignent du fait que la façade commandée au tailleur de pierre était très certainement le résultat d'un compromis entre les dimensions et le décor, certains préférant posséder un grand tombeau peu décoré plutôt qu'un petit tombeau au décor très chargé.

■ La *nefesh**: terme dérivé du sémitique commun *nfs* signifiant « souffle, âme », la *nefesh* occupe une place à part parmi les monuments funéraires nabatéens. En effet, contrairement aux tombeaux de tous types qui abritent le corps d'un ou de plusieurs défunts, la *nefesh* est un monument purement commémoratif et individuel. Chacune symbolise un défunt et permet aux vivants d'honorer sa mémoire. C'est la raison pour laquelle la plupart des *nefesh* de Pétra sont taillées le long des voies de circulation, car c'est là qu'elles pouvaient être vues par le plus grand nombre de passants. Les *nefesh* ont toujours la forme d'une pyramide allongée, plus proche de l'obélisque que de la pyramide égyptienne (photo n° 31). Les plus typiques sont posées sur un dé quadrangulaire et sont couronnées d'un fleuron* ou d'un pyramidion*. Souvent, une inscription rédigée sur le modèle « ceci est la *nefesh* d'Untel, fils d'Untel » est gravée en dessous. Elle révèle l'identité du défunt commémoré et continue, jusqu'à aujourd'hui, de perpétuer son souvenir.

29. *Deux tombeaux «à arceaux». Les tombeaux de ce type sont toujours de petites dimensions.*

30. *Tombeau de type hellénisant, dans la nécropole du wadi* Farasah ouest. Les quatre supports verticaux – demi-colonnes simples au milieu, pilastres* avec quart de colonne accolé de chaque côté – sont surmontés d'un fronton. La porte, flanquée de pilastres, est dotée d'une frise dorique* et d'un fronton.*

31. *Double* nefesh* *du Sîq Umm al-`Aldah, un défilé assez large, d'orientation nord-sud, qui s'étend au-delà de Beidâ, à plusieurs kilomètres au nord de Pétra. Chacune d'elle, haute de 5 m environ, est surmontée d'un fleuron*. Une inscription nabatéenne, non déchiffrée, est gravée en dessous dans un cartouche rectangulaire. Ce sont des monuments funéraires commémoratifs qui ne sont vraisemblablement pas associés à la tombe à puits creusée à proximité. Chaque* nefesh *(« souffle » ou « âme ») symbolise un défunt.*

Sur la route qui mène à Beidâ, à quelques kilomètres au nord de Pétra, sur la gauche, se trouve une *nefesh* particulièrement intéressante. Elle mesure 2,10 m de haut sur 0,78 m de large et repose sur un socle de 0,65 m de haut. En dessous et légèrement sur la droite sont taillés trois bétyles*, un grand au milieu, flanqué de deux plus petits. Ils sont clairement associés à la *nefesh* et contribuent à placer le défunt sous la protection divine. Celui-ci est identifié par l'inscription suivante : « Ceci est la *nefesh* de Harrân, fils de `Arûbû ».

À côté des *nefesh* indépendantes de toute sépulture, les plus nombreuses, quelques-unes sont taillées à l'intérieur d'un tombeau, sur une paroi de la chambre funéraire. Le meilleur exemple est celui d'un tombeau de type Hégra de près de 20 m de haut, situé en face et légèrement en amont du théâtre. La paroi gauche de la chambre contient cinq *nefesh* plus ou moins profondément incisées et de dimensions inégales. Elles reposent sur des socles moulurés et certaines sont surmontées de fleurons. Deux d'entre elles sont associées à des inscriptions nabatéennes, tandis qu'un texte grec est une transcription du nom de l'un des défunts mentionnés, un certain Zaydkômos.

La place des morts dans la société nabatéenne

La seule source littéraire qui jette un éclairage sur les coutumes funéraires des Nabatéens est Strabon (*Géographie* XVI, 4, 26). Selon lui, les morts n'avaient pour eux pas plus d'importance que du fumier. Il ajoute que c'est la raison pour laquelle même leurs rois étaient enterrés près d'amas de déblais. Certains ont voulu voir dans cette remarque l'indication que les Nabatéens pratiquaient des rites d'exposition des corps, tandis que d'autres ont tenté de l'expliquer en suggérant que l'informateur de Strabon aurait confondu le grec *kopros* signifiant « fumier » et l'araméen *kapr* signifiant « sépulcre, tombeau ». Il existe une troisième explication, plus simple, et qui a le mérite de rester fidèle au texte : pour un observateur extérieur hellénisé, il était impensable que nécropoles et dépotoirs se côtoient. Or, pour ne prendre qu'un exemple, la nécropole d'Umm al-Biyârah, qui s'étend au pied du secteur du même nom, se trouve de fait non loin de l'un des dépotoirs de la ville, celui d'al-Kâtûteh. C'est sans doute cette proximité, contraire aux règles de l'urbanisme romain, qui est à l'origine de cette observation.

Les rites funéraires

Tout ce que nous savons des coutumes funéraires des Nabatéens tend à montrer, contrairement aux allégations rapportées par Strabon, qu'ils accordaient beaucoup d'attention à leurs morts et qu'ils avaient une vision développée de l'au-delà. Nous avons déjà signalé, à propos de la *nefesh* , l'importance du souvenir et de la commémoration : les vivants se souvenaient des morts et formaient parfois de véritables collèges funéraires dont les membres gravaient leur signature à proximité de la *nefesh* du défunt qu'ils commémoraient. Ils se réunissaient également dans des salles de banquet spécialement aménagées à côté de certains tombeaux, prenant en commun des repas au cours desquels la mémoire du défunt était évoquée. Certaines de ces salles de banquet, malheureusement trop peu nombreuses, ont livré des dédicaces de fondation de thiase* ou les signatures des membres de l'un d'entre eux. Il en est ainsi du *biclinium** aux Urnes, aménagé dans le wadi al-Kharrûbeh, un affluent du wadi ad-Deir. Sa façade, encadrée de pilastres et surmontée d'un fronton triangulaire à trois urnes, ressemble à celle d'un tombeau. Outre les deux banquettes qui se font face, l'intérieur contient une tombe à fosse ainsi qu'un *loculus* creusé dans le prolongement de la banquette de gauche. À l'extérieur et à droite du monument, sur une corniche naturelle patinée, sont gravées six inscriptions qui constituent sans doute la liste incomplète des membres de la confrérie qui se réunissaient à l'intérieur.

La présence de cupules à proximité des tombes à fosse ou à puits et d'anneaux taillés dans les parois de certaines chambres funéraires atteste par ailleurs que les défunts recevaient des offrandes. Elles s'ajoutent aux dépôts funéraires qui étaient placés à l'intérieur du caveau et dont de nombreux éléments ont été retrouvés au cours des fouilles. Il s'agit le plus souvent de clochettes en bronze, de lampes à huile, de vases en céramique, de bijoux, d'oboles de Charon* et autres petits objets tels que poids de tissage, figurines, scarabées, coquillages, etc. On peut noter cependant qu'en quantité et en valeur, les offrandes retrouvées dans les nécropoles des principaux sites nabatéens sont sans commune mesure avec celles des domaines égyptien et grec.

■ La protection des tombeaux : un autre indice de l'importance accordée aux tombeaux est la protection dont ils bénéficiaient et dont quelques tombeaux de Pétra mais surtout de Hégra témoignent directement. Il ne s'agit naturellement pas d'un gardiennage effectué par l'équi-

valent nabatéen des maîtres-chiens actuels, mais d'une protection suprême, assurée par une ou plusieurs divinités du panthéon nabatéen. C'est ce que suggère la formule utilisée dans certaines épitaphes gravées sur les façades des tombeaux de Hégra : « Ce tombeau est sacré à la façon des choses sacrées qui sont consacrées à Dûsharâ [le dieu suprême des Nabatéens]. » Cette formule ou une formule équivalente était généralement accompagnée de la punition encourue par les contrevenants : « Que Dûsharâ maudisse quiconque enterre quelqu'un dans cette tombe, à l'exception des personnes mentionnées ci-dessus » ou encore « Que Dûsharâ ainsi que Manawâtû [déesse de la Juste Mesure, du Destin] et son Qayshâ [symbole de la Mesure] maudissent quiconque vend cette tombe, l'achète, la met en gage ou l'offre en cadeau ». Parfois, le prix de l'amende à payer en cas de violation du tombeau, due à Dûsharâ, au roi, au prêtre ou au stratège local, est stipulé. L'un de ces textes précise qu'une copie de l'épitaphe, véritable acte juridique daté établissant la liste précise des personnes autorisées à être enterrées à l'intérieur du tombeau, a été déposée dans le « temple de Qayshâ », sans doute un monument officiel de la ville.

Le seul tombeau de Pétra à porter une épitaphe comparable est le Qabr at-Turkmân, « tombeau du Turcoman », qui se trouve sur la rive droite du wadi Abû `Olleiqah. C'est un tombeau de type Hégra dont la partie inférieure de la façade s'est effondrée. Heureusement, la grande inscription de cinq lignes, l'une des plus élégantes qu'ait livrées l'épigraphie nabatéenne, a résisté au temps. Gravée au milieu de la façade dans un simple cadre, elle énumère l'ensemble des éléments architectoniques qui composent le tombeau et affirme qu'ils sont « sacrés et voués à Dûsharâ, le dieu de notre Maître, à son trône et à tous les dieux ». Elle ajoute qu'il « est de la responsabilité de Dûsharâ, son trône et tous les dieux qu'il soit fait comme spécifié dans ces documents de consécration ». À Pétra comme à Hégra, le caractère inviolable des tombeaux est donc affirmé avec force.

On s'est longtemps interrogé sur les raisons de l'anonymat de la presque totalité des tombeaux de Pétra. L'idée qu'un décret religieux interdisant aux propriétaires de tombeaux d'inscrire leur nom aurait pesé dans la capitale nabatéenne a cédé la place à une explication plus rationnelle : à Pétra, le nom des défunts aurait figuré non pas dans une inscription gravée sur la façade des tombes, mais aurait été gravé ou

32. *Copie et estampage de l'inscription du Qabr at-Turkmân, « tombeau du Turcoman », en 1896, par les pères Jaussen, Lagrange et Vincent, de l'École biblique de Jérusalem. Cette inscription, gravée à plus de 6 m du sol, est de loin la plus longue et la plus soignée des inscriptions nabatéennes de Pétra. C'est une véritable épitaphe qui énumère les chambres,* loculi*, *cours, banquettes, citernes, etc., qui font partie du tombeau et qui sont placés sous la protection de Dûsharâ et de son* môtab* *(son « siège »). L'inscription n'est malheureusement pas datée, mais elle est intéressante en raison du riche vocabulaire qu'elle contient.*

peint sur les dalles fermant les *loculi* aménagés à l'intérieur. Plusieurs fragments d'inscriptions peintes sur des dalles ont, en effet, été retrouvés à l'intérieur de quelques tombeaux fouillés. La presque totalité des tombeaux de Pétra ayant été violés depuis l'Antiquité, on ne peut affirmer que ce mode d'identification était général. Pour ce qui est de la protection des tombeaux de Pétra, elle pouvait également être assurée, en l'absence de menaces explicites de malédictions, par la présence, à proximité de la façade, d'un ou plusieurs bétyles, symboles de la divinité protectrice.

■ Nécropoles et espace urbain : les six cents tombeaux à façade de Pétra, ajoutés aux quelques centaines de chambres funéraires, tombes à fosse et à puits dont on ne connaîtra sans doute jamais le nombre exact, s'organisent en nécropoles formant des espaces relativement homogènes. L'image d'un chaos urbain, où les tombes seraient mélangées à la fois à l'habitat et aux sanctuaires, ne résiste pas à l'analyse de la répartition des monuments sur le site. En effet, hormis la nécropole dite « royale », dont les tombeaux dominent l'ensemble de la ville habitée à laquelle ils appartiennent géographiquement, aucune des nécropoles de Pétra ne s'est réellement développée à l'intérieur d'un quartier d'habitation. Lorsque tombes et maisons semblent être mêlées, comme dans les jebels M`eisrah est et ouest, cela est dû au phénomène inverse : c'est la ville habitée qui s'est développée au détriment des nécropoles, entraînant l'abandon de zones occupées jusque-là par des tombes et le rejet progressif de celles-ci vers des parties du site encore non habitées. Ailleurs, et à l'exception de quelques cas isolés qui restent inexpliqués mais n'altèrent pas le schéma général, nécropoles et quartiers d'habitation sont clairement séparés. Il suffit pour s'en convaincre d'observer les nécropoles du théâtre, d'Umm al-Biyârah et de Farasah. Elles se trouvent à l'extérieur des limites resserrées de la ville et ne sont pas associées à des maisons. Les secteurs de Bâb as-Sîq et d'ath-Thughrah, qui semblent contenir à la fois des monuments funéraires et domestiques, sont les seuls à échapper à cette ségrégation. Ils sont cependant situés tous deux à l'extérieur de la ville, et si habitat il y a, il s'agit d'ensembles domestiques possédant leur propre caveau familial, une plus grande liberté d'exécution étant laissée à leurs propriétaires parce qu'ils se trouvaient en dehors de l'espace strictement urbain.

Pour se représenter Pétra il y a deux mille ans, il ne faut pas oublier que sa forme actuelle, figée dans le grès, résulte d'un développe-

ment qui a duré plusieurs centaines d'années. Le site n'a pas toujours eu l'aspect qu'on lui connaît aujourd'hui, et c'est seulement au terme d'une lente évolution qu'elle est devenue, en apparence seulement, une ville des morts plus qu'une ville des vivants.

LES HABITATIONS

Deux textes de l'Antiquité, l'un et l'autre avant notre ère, nous donnent deux points de repère utiles sur la vie quotidienne des Nabatéens. Diodore de Sicile, dans un passage de sa *Bibliothèque historique* (XIX, 34) qui semble concerner la fin du IVe siècle av. J.-C., écrit : « Ils vivent *en plein air* et appellent patrie ce *territoire sans habitations*, qui n'a ni rivière ni sources abondantes pouvant ravitailler en eau une armée ennemie. Ils ont pour coutume de ne pas semer de grains, de ne pas planter d'arbres fruitiers, de ne pas boire de vin et de ne pas construire de maisons. » Dans la *Géographie* de Strabon (XVI, 4, 26), au contraire, qui reflète les usages du Ier siècle av. J.-C., on peut lire : « *Leurs maisons, construites en pierre, sont coûteuses* ; leurs villes, en raison de la paix, ne sont pas fortifiées ; le gros de leur territoire est fertile. » De ces deux témoignages, on peut déduire sans mal que, du IVe au Ier siècle av. J.-C., les Nabatéens de Pétra et d'ailleurs, de pasteurs nomades vivant sous tente sont devenus des sédentaires, habitant des maisons et pratiquant l'agriculture.

Pourtant, les maisons ne sautent pas aux yeux du visiteur de Pétra : l'habitat, des palais royaux (peut-être à situer juste au sud de la porte du *temenos** du Qasr al-Bint, dans un bâtiment où se trouvent des thermes ?) jusqu'aux habitations les plus humbles, reste le point faible de notre connaissance de cette ville. De là à penser, comme certains savants jusqu'à nos jours, que Pétra était seulement un centre cultuel et funéraire et ne présentait qu'un habitat mobile et temporaire, sous tente, il y a un pas qu'il ne faut pas franchir !

■ Des maisons rupestres existaient en très grand nombre à Pétra, comme l'ont noté les explorateurs depuis le début du XXe siècle, notamment dans les wadis as-Siyyagh et Abû `Olleiqah, sur le versant ouest d'al-Habîs et sur les pentes du Jebel M`eisrah, en face du théâtre ou sur le plateau du Deir. On les distingue des grottes funéraires et cultuelles par l'absence de tombe, *nefesh*, bétyle ou autel, mais il ne s'agit pas pour

autant de simples grottes naturelles utilisées comme habitat : il faut noter au demeurant que les Bédouins de Pétra, présents sur le site jusqu'en 1985, ne vivaient pas non plus dans ces abris naturels, qu'ils réservaient à leur bétail et appelaient *tôr,* les distinguant bien des *mughur,* les grottes taillées. Pas plus qu'eux, les Nabatéens de Pétra n'étaient des « troglodytes », contrairement à ce que peut faire penser une image célèbre du *Coke en stock* d'Hergé : Pline l'Ancien, au Ier siècle apr. J.-C., distinguait bien (*Histoire naturelle,* 12, 98) des Nabatéens en général les « Nabatéens troglodytes », un rameau émigré loin de Pétra. Les habitations rupestres de Pétra sont, au contraire, de véritables maisons, taillées avec soin dans le roc, qui est parfois complètement évidé pour former des groupes de pièces à flanc de falaise. Leurs murs sont parfaitement plans, parfois fort minces, généralement sans fenêtres, parfois décorés de stries serrées, obliques et régulières, à 45 degrés par rapport à la verticale ; des niches-placards permettaient le rangement ; occasionnellement, un décor peint sur enduit recouvrait les murs, comme dans le *biclinium* de la « maison peinte » au Sîq al-Bâred ou comme dans une maison rupestre du wadi as-Siyyagh. Les toitures, là où elles n'étaient pas le plafond aplani, ou taillé en voûte en berceau, d'une grotte, étaient des toitures plates, portées par une poutraison fichée latéralement dans le rocher grâce à des séries horizontales de trous. Toutes sortes de dimensions (de 3 à 12 m de côté pour une pièce) et de combinaisons sont possibles, depuis la grotte unique et les juxtapositions de pièces dans la falaise le long d'une terrasse jusqu'aux complexes à cour et parfois à étage. Une maison rupestre de M`eisrah ash-Sharqiyyeh possède, sur le mamelon rocheux qui la domine, un autel qui lui est relié par un escalier, dispositif que l'on peut rapprocher d'une indication de Strabon sur le culte que les Nabatéens rendaient sur les toits. Environ trente de ces maisons avaient une salle de banquet et une au moins, à l'extrémité nord-est de la falaise d'al-Khubthah, en possédait deux : une pour les hommes, sans doute la plus vaste (12 m x 11,50 m et 10 m de hauteur) et une, peut-être, pour les femmes. Le nom de « Dorothéos », le probable propriétaire, est inscrit

33. *Vestige de décor d'enduit peint, dans une maison rupestre du wadi* as-Siyyagh. Sur un enduit à base de chaux, cette haute plinthe pourrait représenter des baies. Les enduits et stucs peints, généralement mal conservés, étaient communs dans les belles maisons de Pétra, rupestres ou bâties, comme dans les temples et les* triclinia*.

deux fois, en grec, sur le rebord de la banquette de la plus grande salle. Toutes les autres maisons rupestres sont malheureusement anonymes. Elles sont, par ailleurs, du fait même qu'elles sont taillées dans le rocher, à peu près impossibles à dater par les fouilles : on ne sait donc pas à partir de quelle époque ni jusqu'à quand les Pétréens ont creusé et taillé des habitats dans le rocher, mais il est clair, par le style des décors peints du wadi as-Siyyagh, que cet usage existait déjà au Ier siècle av. J. -C. L'habitat rupestre semble correspondre à une longue période de l'histoire de Pétra, et la variété des dimensions et du décor montre que ce type d'habitat n'était pas le fait de telle ou telle catégorie sociale particulière. Au total, c'est environ cinq cent cinquante chambres rupestres domestiques qui sont actuellement répertoriées dans la ville et à sa périphérie immédiate. Elles sont donc trop peu nombreuses pour avoir représenté le seul type d'habitations : le reste était nécessairement constitué de tentes et de maisons bâties.

■ Des campements, dans la cuvette centrale et dans ses faubourgs, ont certainement existé à toutes les époques de la ville antique. L'archéologie ne peut cependant les repérer que très occasionnellement. À al-Baq`ah, entre Pétra et Beidâ, des trous de poteaux dans le rocher et un épandage de tessons de poterie nabatéenne ont permis d'identifier un tel campement. Mais c'est surtout la fouille d'az-Zantûr (voir p. 65) qui a fourni des résultats intéressants, car datés : il a bien existé là, sur une longue période, un campement temporaire, toujours à peu près au même emplacement, et dont l'occupation saisonnière a laissé de fines couches de dépôts empilés. Mais cet habitat sous tente y disparut vers la fin du Ier siècle av. J.-C., pour laisser place à une maison en dur. On peut penser que ce changement, s'il n'eut pas lieu partout, fut cependant fréquent, puisque le texte de Strabon le confirme, sensiblement à cette époque-là.

■ Les maisons construites en pierre qu'évoque ce texte existaient bel et bien, dès avant l'époque de Strabon. Les plus anciennes, partiellement fouillées sous la grand-rue près du Qasr al-Bint, remontent en effet au IIIe siècle av. J.-C., mais elles sont de très mauvaise qualité : leurs murs sont faits de moellons et d'argile, leurs sols sont en terre. Il faut attendre le Ier siècle av. J.-C. pour que, dans le même secteur, apparaissent des maisons aux murs assisés en bons blocs et des sols pavés. Au Ier siècle apr. J.-C., les maisons connues par les fouilles se font plus nombreuses :

une à al-Kâtûteh, une autre au sud du Qasr al-Bint avec une belle cour dallée, une à l'est du temple aux Lions ailés, une autre encore au pied d'al-Khubthah, recouvrant une tombe abandonnée du Ier siècle av. J.-C. Une autre habitation, bâtie au Ier siècle av. ou apr. J.-C., a été rasée pour installer le rempart nord vers le IIIe siècle. Dans le centre du village actuel de Wadi Mûsa, une très belle villa d'un faubourg rural de Pétra, bâtie au début du Ier siècle apr. J.-C. et détruite au début du IIe siècle, a été partiellement fouillée en 1996 : on y trouva à l'entrée un atrium à quatre colonnes, pavé de tomettes, une série de pièces aux murs décorés de fresques figurant un décor architectural et végétal (rameaux d'olivier, grappes de raisin), des latrines, une salle au pavement mosaïqué à décor de grecques* et un ensemble thermal comprenant un *apodyterium** et un *caldarium** sur hypocauste*, enfin des éléments de sculpture, dont un relief représentant Apollon, et une tête de lion utilisée comme déversoir de fontaine.

Mais l'ensemble le plus instructif est constitué par les maisons fouillées dans les années 1990 dans le quartier d'az-Zantûr, à l'est de la colonne isolée dite Zibb Fir`aoun, dominant au sud le centre urbain. Trois ensembles ont été explorés. L'un (maison EZ III) est un édifice luxueux de l'époque de l'indépendance nabatéenne, détruit à la fin du Ier siècle apr. J.-C. ; une installation thermale en faisait partie. Une autre (maison EZ IV), bâtie à partir des années 20 apr. J.-C. et restée en usage jusqu'au séisme de 363, est particulièrement somptueuse. On y trouve, en effet, outre les éléments usuels de l'architecture domestique nabatéenne (bons pavements de pierre, seuils en bois, canalisations d'eau sous les sols dans les cours et corridors, dalles de plafond en pierre) et des murs préservés jusqu'à 3 m de haut, un chapiteau corinthien monumental et surtout un remarquable décor peint couvrant les murs d'une salle jusqu'à 1,50 m de hauteur : des fresques, surmontées par un décor peint et stuqué en relief. Il s'agit d'un décor architectural en trompe l'œil, très couvrant et coloré, d'un type bien connu à Alexandrie et à Pompéi à partir de l'époque augustéenne.

Ces quelques exemples avec thermes ou décor montrent une architecture domestique particulièrement luxueuse, propre à des élites pétréennes très au fait des modes alexandrine et romaine, au Ier siècle de notre ère. Ils sont complétés par la fouille de la maison EZ I d'az-Zantûr, qui offre une chronologie très précise. À la fin du Ier siècle av. J.-C., une

Double page suivante :
34. *La colline d'az-Zantûr, sur les pentes qui dominent au sud le centre-ville, face au temple aux Lions ailés (visible à l'arrière-plan, à gauche), était un quartier d'habitation, où quatre maisons ont été fouillées dans les années 1990. La fouille de la maison I, le bâtiment de dix à quinze pièces et de 25 m de côté présenté ici, a fourni une chronologie très intéressante de l'habitat à Pétra. Jusqu'à la fin du Ier siècle av. J.-C., il n'y a là que des campements, puis une première maison en dur, qui coexiste avec les campements. Leur succède, au Ier siècle apr. J.-C., une belle demeure, sans étage, détruite par un incendie au début du IIe siècle. L'endroit reste ensuite inoccupé durant deux siècles jusqu'à ce qu'une nouvelle maison, à étage, soit rebâtie sur les ruines de la précédente. Elle est à son tour ruinée par le séisme de 363, sommairement réparée, et enfin anéantie par le séisme de 419.*

première maison nabatéenne en dur est installée là, mais sans supplanter complètement les campements. Ceux-ci disparaissent peu après (début du Ier siècle apr. J.-C.), lors de la construction d'une belle demeure, qui remplace la précédente, mais qu'un incendie détruit de fond en comble au début du IIe siècle apr. J.-C. L'endroit reste alors abandonné durant deux siècles, puis, au début du IVe siècle, une maison y est rebâtie, à peine décalée par rapport à la précédente. Le séisme du 19 mai 363 l'endommage fortement et y provoque la mort d'une femme et d'un enfant, retrouvés écrasés par les décombres, avec un trésor de soixante-cinq pièces de monnaie. Elle est encore réparée après ce séisme, mais disparaît définitivement avec le tremblement de terre de 419. Il est intéressant de comparer les trois derniers états de cette maison. La taille n'en varie guère à travers les siècles – de 20 à 25 m sur 20 –, ni le nombre de pièces au sol – de dix à quinze –, ni les toitures, toujours en terrasses ; mais le mode d'occupation évolue. Au Ier siècle, il s'agit d'une seule grande maison bâtie sur un seul niveau : visiblement, l'espace au sol ne manque pas, et l'habitude de la vie sous tente n'est encore pas bien loin. Au IVe siècle, deux unités d'habitation, avec un accès commun par une courette, se partagent la même superficie, mais, cette fois, il y a un étage, accessible par deux cages d'escalier : voilà qui ne va guère dans le sens d'une dépopulation de Pétra au IVe siècle. Deuxième point de comparaison : les techniques et la finition. Les bâtisseurs nabatéens du début du Ier siècle n'utilisent pas encore, pour supporter les plafonds et les toitures, l'arc clavé, qui va se généraliser dans les décennies suivantes et autoriser des pièces de plus grande profondeur sans les encombrer par des supports intermédiaires. Ils pallient ce manque en utilisant pour les pièces de réception, plus vastes que les autres (6,50 m sur 5 m), de belles colonnes à chapiteaux. Dans l'une de ces salles, elles sont disposées en carré, formant un atrium dont le centre est à ciel ouvert. Les puits de lumière verticaux, ainsi obtenus, permettent d'ailleurs de compenser l'absence de fenêtres. Les plafonds sont en dalles de pierre soignées, les dallages sont réguliers et de belle qualité, parfois en tomettes. Au IVe siècle, si l'on maîtrise parfaitement la technique de l'arc de couverture, utilisé pour quatre grandes pièces, on construit à l'économie, en réutilisant les pierres de la maison nabatéenne, notamment les tambours de colonnes, dans les murs ; là où les dallages nabatéens ne sont pas récupérés, les pavements sont médiocres ; les toitures ne sont plus en dalles

35. *Élément de demi-colonne appliquée, en stuc peint, provenant des fouilles de la maison IV d'az-Zantûr, au Ier siècle de notre ère probablement. Un bandeau festonné sépare un fût lisse d'un fût cannelé. Ce type de décor architectural luxueux et chargé, en fort relief, directement imité du monde hellénistique, est connu dans quelques demeures riches de Pétra et de son faubourg ancien à Wadi Mûsa.*

de pierre, mais en poutres portant un clayonnage de branches et de la terre compactée. La cour, avec un foyer sommaire, sert de cuisine en plein air ; une autre cuisine, une petite pièce à l'entrée de la maison avec des *tawâbîn** au sol, n'est peut-être pas couverte non plus. La distinction n'est plus faite, à la différence de la maison nabatéenne, entre un groupe de pièces de réception et un groupe de pièces privées. Au total, la maison d'époque romaine tardive apparaît moins soignée, moins riche que la maison du Ier siècle. La dégradation se poursuit entre les deux séismes de 363 et 419 : plutôt que de rebâtir solidement après 363, on conforte les plafonds et les arcs porteurs ébranlés par le premier séisme en plaçant dans les pièces quelques colonnes de soutènement.

L'impression d'opulence donnée par la finition intérieure, par le décor et par les éléments de luxe (atriums, thermes, latrines) des maisons nabatéennes du Ier siècle à Pétra doit être tempérée. La technique architecturale, en effet, laissait à désirer, un peu partout et à toutes les époques. C'est particulièrement vrai des fondations, qui, malgré la nécessité qu'imposait presque toujours le terrain de construire à flanc de colline, étaient régulièrement médiocres, singulièrement aux angles du côté de la pente, avec des murs de soutènement insuffisants et disposés obliquement par rapport aux courbes de niveau, ce qui n'était guère rationnel. Il s'ensuit que plusieurs maisons, à Pétra comme au village nabatéo-romain de Khirbet adh-Dharîh, s'effondrèrent partiellement d'elles-mêmes, sans qu'il y eût nécessairement de séisme, et durent être reconstruites. Les plans, par ailleurs, ne brillent pas par leur ordonnancement ni par leur symétrie. À Pétra, la belle architecture semble bien avoir été réservée aux grands sanctuaires et tombeaux.

Les maisons de l'époque byzantine après le séisme de 363 nous sont très mal connues par l'archéologie, hormis la maison EZ I d'az-Zantûr jusqu'en 419 : on doit, d'un côté, supposer la poursuite de l'utilisation de certaines habitations rupestres antérieures, d'un autre côté, attendre les résultats de fouilles d'habitat plus nombreuses. Il n'y a pas, en tout cas, de raison d'imaginer un retour massif à l'habitat sous tente : en effet, les papyrus du VIe siècle mentionnent nombre de maisons ou parties de maisons de Pétra et des villages avoisinants, et les éléments descriptifs qu'ils contiennent vont dans le même sens que ce que montrent les ruines de maisons byzantines du Néguev ou du Hawrân, intégralement bâties en pierre. Ce sont des maisons à toit en terrasse, sou-

vent à étage, et où le rôle de la cour est important. Les bâtiments disposés autour de la cour sont parfois des unités indépendantes appartenant à des familles ou à des sous-familles différentes. Des tours de surveillance (dans les villages voisins de Pétra), des pièces de résidence bâties à l'étage (comme à la maison romaine d'az-Zantûr), des portiques, des balcons, des latrines sont régulièrement mentionnés, tous éléments que l'on retrouve effectivement dans les maisons villageoises du Hawrân ou du Néguev. Des citernes et des vergers sont fréquemment attenants à la maison, et des étables en font partie : ce sont donc souvent, même en ville, des maisons à fonction agricole. Seules des fouilles pourraient nous renseigner sur l'évolution des dimensions et du décor de ces habitations par rapport aux époques antérieures, mais les papyrus évoquent plutôt une situation de surpopulation que l'inverse : on y trouve le souci fréquent de la gêne que pourrait occasionner tel habitant d'une partie de maison à tel autre. Enfin, il est très probable que beaucoup de ces habitations étaient louées, et non possédées en bien propre par leurs occupants, car certains habitants riches possédaient jusqu'à quatre maisons, en ville et à la campagne.

L'image première que l'on peut avoir de Pétra par la visite, un mélange inorganisé de nécropoles, de lieux de culte et d'habitations, se révèle finalement inexacte. Certes, aucun plan d'urbanisme et aucune voirie organisée ne semblent avoir existé en dehors des monuments centraux, mais des quartiers d'habitation (rupestre et bâtie) apparaissent nettement sur la carte archéologique. Ils ne sont jamais bien denses, n'ont pas de voirie organisée, et des jardins existaient autour des maisons. Ils se concentrent dans la partie ouest du site, et particulièrement, comme il est logique, sur les deux versants du wadi Mûsa qui dominent les grands monuments du centre-ville : au sud, à az-Zantûr, où une douzaine d'habitations antiques sont identifiées, dont quatre groupées en une sorte d'îlot, et à al-Kâtûteh, où se trouvait le grand dépotoir des quartiers habités, ainsi que sur les hauteurs situées au nord-ouest du théâtre ; au nord, sur les pentes montant vers \`Arqûb al-Hîsheh et au Jebel M\`eisrah oriental. Mais on les trouve également sur la paroi ouest d'al-Habîs, au wadi as-Siyyagh, sur les deux rives de la partie basse du wadi ad-Deir, et, plus loin du centre, dans des faubourgs autour du Deir, Sîq al-Bâred, Sabrâ… Là où nécropoles et maisons nous paraissent aujourd'hui mêlées, il faut comprendre que les quartiers d'habitation ont en fait repoussé, au Ier siècle

apr. J.-C., des nécropoles progressivement désaffectées ; parallèlement, depuis le Ier siècle av. J.-C., la monumentalisation du centre-ville chassait l'habitat du fond de la cuvette centrale.

Dieux et sanctuaires

Le divin peut-il être nommé et figuré ?

La religion des Nabatéens, polythéiste, sémitique mais influencée par les religions gréco-romaines, est un univers foisonnant, omniprésent à Pétra : on y compte près de sept cents monuments cultuels. Les témoignages sont fort nombreux, textes d'auteurs grecs et latins, y compris chrétiens, inscriptions, monuments, images, objets de culte même. La religiosité se marque par la forte proportion chez les Nabatéens des noms de personnes théophores*. Il est pourtant impossible de faire de cette religion une présentation simple, parce qu'elle comportait des éléments qui nous paraissent contradictoires, propres peut-être à des groupes et à des traditions divers. Une contradiction est particulièrement frappante : il existe d'une part un immense panthéon de dieux plus ou moins anonymes et peu hiérarchisés (telle famille ou clan honore « le dieu », *ilâh,* ou « la déesse d'Untel », Untel étant, par exemple, un ancêtre ; telle localité ou district honore son dieu topique : Dûsharâ, « celui du Sharâ » – les hauteurs à l'est de Pétra – en est un parmi d'autres) ; d'autre part, un panthéon organisé autour d'un dieu principal, souvent qualifié de « dieu de notre maître », donc dieu du roi : Dûsharâ, *alias* Dusarès. Cela se reflète en partie dans les lieux de culte : d'un côté, une multitude de chapelles et ex-voto, de l'autre, de grands sanctuaires. Une autre contradiction oppose une tendance *aniconique,* qui répugne à représenter les dieux (on a même fait l'hypothèse d'un iconoclasme nabatéen), à un courant qui les représente au contraire surabondamment, sous forme anthropomorphique et parfois avec des attributs zoomorphiques. En forçant le trait : d'une part, une foule de dieux anonymes et non figurés, de l'autre, une hiérarchie de dieux nommés et figurés.

Voilà qui est déjà paradoxal, mais les choses sont en réalité plus compliquées. Beaucoup de petits monuments cultuels sont dédiés à de grands dieux, dont Dûsharâ, alors que la plupart des grands sanctuaires ne sont pas clairement dédiés à un dieu majeur. Dans bien des temples existent *en même temps* la religion aniconique et les images anthropo-

morphiques et zoomorphiques. Les diverses tendances coexistent donc, apparemment sans conflit. On suppose que la tendance figurative s'est renforcée avec le temps et avec les influences grecques puis romaines, mais sans jamais détrôner, jusqu'à la christianisation, la tendance non figurative propre aux Nabatéens des origines et plus largement aux Arabes.

L'approche de ce monde compliqué est en outre rendue ardue par des difficultés techniques. Les textes explicites dont on dispose viennent d'auteurs grecs et latins qui cherchent à interpréter ou à traduire. Tel dieu nabatéen *égale* tel dieu gréco-romain : Dusarès « égale » Zeus ou Dionysos ou, par étymologie fantaisiste, Arès (*theos Arès*). Les Nabatéens n'ont pas été insensibles à ces assimilations, et on les voit, dans leurs images ou symboles religieux, affecter à leurs divinités les attributs de telle ou telle divinité gréco-romaine, mais pas toujours la même. Ainsi Dûsharâ, en tant que grand dieu, prend-il souvent les attributs de Zeus Hypsistos, comme le foudre*, mais, par ailleurs, on le sait « assimilé » à Dionysos. Autre difficulté majeure : pour les principaux temples, en particulier à Pétra même, les inscriptions sont très rares, et il semble clair qu'il n'était pas dans les usages nabatéens d'inscrire dans la pierre de grandes dédicaces, à la différence de bien des civilisations de l'Antiquité. Tout au plus, parfois, tel fidèle a-t-il laissé un texte pour indiquer qu'il était l'auteur de l'érection ou de la restauration de telle partie d'un lieu de culte. Il en résulte une grande incertitude sur l'affectation des temples à l'adoration de tel ou tel dieu ou groupe de dieux et sur la date des monuments.

Quand il y a des textes épigraphiques, leur complexité est grande. Prenons, par exemple, la « chapelle d'Obodas » à an-Nmeir : c'est une chambre rupestre, hors des principaux itinéraires processionnels, avec une niche au fond de la chambre, pour une statue anthropomorphique et assise peut-être. Parmi les inscriptions, on lit : « Ceci est l'image de *`bdt 'lh'*, qu'ont faite les fils de Hanînû, fils de Hittîshû, fils de Petamôn [...] qui est près de Dû-Tarâ le dieu de Hittîshû qui se trouve dans la chapelle de Petamôn leur aïeul, pour la vie d'Arétas, roi de Nabatû, qui aime son peuple, et de sa sœur Shaqîlat, reine de Nabatû, et de Malikû, `Obdat, Rabb'el, Pasa'el, Sha`ûdat et Hagirû ses enfants et pour Arétas, fils de Hagirû, fille d'Arétas. Au mois de [...] de l'an 29 d'Arétas [...], roi de Nabatû, qui aime son peuple. » Le seul élément clair est la date, sous

Arétas IV, en 20 apr. J.-C. *`Bdt 'lh'* veut sans doute dire « Obodas le dieu », c'est-à-dire le roi Obodas Ier divinisé (on sait par les *Ethnika* d'Étienne de Byzance que ce roi, enterré à Éboda dans le Néguev, fut en effet divinisé). On a donc la preuve d'un culte officiel devenu largement populaire et familial. Référence est faite à un lieu de culte proche voué à Dû-Tarâ (inconnu par ailleurs, mais divinité topique sûrement), qui est visiblement un dieu des aïeux des dédicants. Du côté du culte officiel, on note la prière finale au roi régnant Arétas IV et à sa famille. On voit bien là, obscurcie par une langue rudimentaire, l'intrication des éléments dynastique, individuel (le dieu de *x*), familial, funéraire (la mémoire des ancêtres, sinon leur culte) et topique (Dû-Tarâ, la terrasse de Petamôn). C'est ce tout dernier point qu'il convient de souligner le plus : les monuments et les inscriptions manifestent un attachement extrême au *lieu sacré,* à l'image de culte – fût-elle une non-image, dont l'emplacement, le *siège* est parfois lui-même divinisé et... portant un nom propre ! Ce point est d'autant plus important que l'idole, on va le voir, est... mobile.

Dans un tel contexte, il serait peu éclairant de décrire d'abord le panthéon : nous partirons des monuments et de ce que l'on sait des cultes.

36. *Une petite niche cultuelle rupestre, peut-être un proscynème* devant lequel on s'arrêtait pour se prosterner lors de processions. On note l'agencement architectural de la niche, qui se présente comme une façade de temple en miniature, et la présence à l'intérieur, en bas, d'une sorte de piédestal qui est probablement un* môtab*, *« siège de la divinité ». Sur le toit sont sans doute représentés des autels.*

Les bétyles et le rituel

Dans la religion nabatéenne plus que dans toute autre religion sémitique, la divinité est adorée avant tout sous la forme du *bétyle* (*nṣb* en nabatéen avec *s* emphatique ; le grec *baitulos* dérive du sémitique *beth-el,* « demeure du dieu ») : la pierre sacrée, le plus souvent non figurative et non ornée. Cet usage est commun aux divers groupes sémitiques auxquels on assigne une origine arabe : il est entré plus tard avec fracas dans l'histoire au IIIe siècle apr. J.-C. grâce à la longue procession d'Émèse à Rome qu'imposa l'empereur Élagabal pour le bétyle du dieu dont il était le grand prêtre. Les bétyles sont très fréquents à Pétra, où ils sont presque toujours figurés en relief sur des parois rocheuses : isolés, ou groupés à deux ou à plusieurs, ils ont le plus souvent la face rectangulaire – repré-

sentant donc une pierre taillée, régularisée. Mais quelques-uns sont des blocs plus ou moins hémisphériques (un bel exemplaire peut être vu sur la paroi sud du Sîq, photo nº 49), donc peut-être des représentations de pierres naturelles, éventuellement des aérolithes (le bétyle d'Élagabal était ovoïde). La même variété de formes se trouve sur les monnaies de la zone nabatéenne représentant des bétyles, celles de Bosra ou Adraa à l'époque romaine. Mais il convient d'imaginer les « vrais » bétyles comme des objets « en volume » : les deux obélisques du Zibb `Atûf, dégagés dans le roc, de 7 m de hauteur, en sont la forme monumentalisée. Le bétyle ordinaire était plus modestement une pierre amovible et transportable, parfois petite, comme l'exemplaire retrouvé récemment à Khirbet adh-Dharîh, tombé de la terrasse de toiture d'une maison – on sait par Strabon que les Nabatéens rendaient des cultes sur les toits. Ces bétyles portables pouvaient être déplacés solennellement lors des processions. Hors des cérémonies, ils étaient sans doute abrités dans les cryptes dont certains temples nabatéens étaient pourvus. Pour ces mêmes cérémonies, on plaçait le ou les bétyles sur un « siège » *(môtab*)*, simple base sur les représentations rupestres, mais véritable fauteuil sur un petit objet cultuel découvert à Amman dans les années 1980, et parfois bel et bien plate-forme cultuelle monumentale, comme au temple aux Lions ailés ou au temple de Khirbet adh-Dharîh : dans ce dernier, on voit sur la plate-forme trois mortaises* rectangulaires destinées à ficher trois bétyles, avec, de part et d'autre des mortaises, de petits trous permettant aux liquides avec lesquels on aspergeait les bétyles de s'écouler dans des cuves situées en dessous. Ces mêmes mortaises sont évoquées sous le nom d'« entailles » par des inscriptions nabatéennes de Pouzzoles. Ce rituel d'aspersion était donc un trait général du culte nabatéen. Il est éclairé par un texte du lexicographe byzantin de la *Souda,* à propos de Dusarès : « L'idole est une pierre noire, quadrangulaire, aniconique. Sa hauteur est de quatre pieds et sa largeur de deux pieds. Il repose sur une base recouverte d'or. Ils lui offrent des sacrifices et lui versent le sang des victimes. Telle est leur libation. »

37. *Niche cultuelle rupestre à quatre bétyles*. Ceux-ci sont visiblement hiérarchisés, le plus grand étant aussi légèrement en avant des autres, comme les dieux – inconnus évidemment – qu'ils représentent. La niche et les bétyles sont ici dans leur état le plus simple, sans aucun décor ni élément anthropomorphique.*

Le plus couramment, les bétyles ne portaient aucun élément figuratif. On a cependant retrouvé des exemplaires où sont représentés de façon schématique des traits anthropomorphiques, yeux, nez et bouches particulièrement : tel est le cas de l'idole de la « déesse de Hayyân », trouvée au temple aux Lions ailés. D'autres motifs restent énigmatiques, comme la « croix de Lorraine » du bétyle du Qattâr ad-Deir. Ces quelques exemplaires permettent de comprendre qu'il n'y avait pas incompatibilité entre le culte bétylique, fondamental, et le décor prolifique de Pétra, Khirbet at-Tannûr ou Khirbet adh-Dharîh représentant des divinités sous forme humaine. On est loin, chez les Nabatéens, de l'interdiction de la figuration du divin.

Le rituel d'aspersion des bétyles doit être placé dans le contexte plus large de ce que l'on sait du culte. Dans celui-ci n'intervenaient pas seulement des prêtres, mais aussi des associations cultuelles – *mrzḥ* en nabatéen, thiase en grec – consacrées à tel ou tel dieu et présidées par un *rb mrzḥ* ou chef de thiase. Elles organisaient les processions et les cérémonies. Le déroulement de ces dernières peut être reconstitué grâce à quelques textes et vestiges de monuments : sacrifices d'animaux sur un autel placé dans le sanctuaire mais pas dans le temple proprement dit ; adoration des bétyles dans le temple ou sur le *môtab* (aspersion, probablement encensement, et rites de circumambulation comme le *tawâf* islamique autour de la Kaaba) ; banquets cultuels célébrés, en consommant la viande des sacrifices, dans des salles *ad hoc,* des *triclinia,* rupestres à Pétra mais, sur d'autres sites nabatéens, construits. De grands cratères métalliques, que l'on voit représentés sur les reliefs du temple de Khirbet adh-Dharîh, permettaient le transport de liquides sacrés (huile ? vin ?). Les cérémonies prenaient souvent place dans le cadre de larges réunions présentant aussi le caractère de foires : les panégyries, qui pouvaient réunir à Pétra des habitants originaires d'ailleurs ou venus pour l'occasion. Des panégyriarques des Adraéniens (de la ville d'Adraa, proche de Bosra) sont ainsi connus par des inscriptions grecques de Pétra.

38. *Stèle anthropomorphe découverte dans le temple aux Lions ailés. Une inscription nabatéenne, qui ne donne pas le nom de la déesse mais la désigne comme étant celle de « Hayyân fils de Nîbat », est gravée sur le socle. Il s'agit sans doute d'une représentation d'Isis, assimilée à la déesse nabatéenne al-'Uzzâ. Le* basileion, *attribut de la divinité égyptienne, était peut-être, à l'origine, inséré au centre du rinceau de feuillage qui couronne la stèle. Des pierres précieuses étaient probablement incrustées dans les yeux. Enfin, contrairement à la majorité des stèles anthropomorphes, celle-ci est dotée d'une bouche aux lèvres épaisses.*

39. L'escalier d'accès au Jebel an-Nmeir, taillé dans le roc. Ce jebel est doté, comme plusieurs autres, al-Madhbah, al-Khubthah, al-Habîs, d'un sanctuaire de haut lieu, aménagé à son sommet. Ces hauts lieux, bien en évidence sur des plates-formes, dominant largement le paysage, ne sont pas une particularité de Pétra: on les trouve fréquemment ailleurs dans le monde nabatéen – à Khirbet at-Tannûr, par exemple – comme dans le reste de l'Orient sémitique. Les voies d'accès, comme cet escalier, aménagées sur de fortes pentes, étaient des itinéraires processionnels jalonnés de niches cultuelles, reposoirs, proscynèmes et ex-voto.*

Les monuments des cultes

La cartographie archéologique de Pétra a montré qu'en dépit de l'apparent désordre du site et de l'absence bien réelle de planification de son occupation, les zones vouées aux cultes – qui se trouvent topographiquement un peu partout – y sont en général dissociées des zones de tombeaux, même si les tombeaux sont parfois placés sous la protection de bétyles. En revanche, l'espace cultuel et l'espace habité sont fortement mêlés.

Les monuments cultuels de loin les plus nombreux sont de petits monuments rupestres, parfois minuscules : le plus petit est une niche abritant un bétyle de 6 cm de haut et 3 cm de large ! Le Qattâr ad-Deir en présente une concentration très évocatrice. Ces niches (photos n°s 36, 37 et 49) – vides, ou à bétyle(s), ou à *môtab* –, ces proscynèmes*, reposoirs, ex-voto, se trouvent principalement sur les itinéraires processionnels menant à des sanctuaires plus importants (à commencer par le Sîq, conduisant aux sanctuaires centraux), ou en bordure des pistes : on relève ainsi, fort logiquement, un petit sanctuaire d'Isis au wadi Waqît, au pied du Jebel Hârûn, sur la route principale de l'Égypte.

Dans l'ensemble, ces petits lieux de culte semblent être des lieux privés propres à des familles ou à des associations cultuelles, à la différence des hauts lieux et des sanctuaires, qui ressortissaient à l'espace public et résultaient de l'initiative de clans ou même du pouvoir royal.

Les hauts lieux sont bien représentés à Pétra, comme ailleurs en Nabatène. L'usage d'établir des sanctuaires isolés sur des sommets accessibles au prix de pèlerinages est commun chez les Sémites, il est rendu plus spectaculaire à Pétra par le caractère abrupt du relief et parce que ces hauts lieux y sont essentiellement taillés dans le roc. La plupart des grandes surfaces tabulaires surplombant Pétra en sont dotées, ainsi al-Madhbah, an-Nmeir, al-Khubthah, de même certaines terrasses intermédiaires, à al-Habîs entre autres. Al-Madhbah (littéralement : « l'égorgeoir » sacrificiel), le plus visité, surplombant le théâtre, en offre un bon exemple : accès ou descente par deux itinéraires processionnels formés d'escaliers taillés dans le roc – l'un depuis le théâtre, l'autre par le wadi Farasah ; signalisation par les deux grands bétyles rupestres de Zibb `Atûf (« la verge courbe ») ; cour rectangulaire creusée dans le rocher, avec des banquettes pour les fidèles, devant un autel et un *môtab* rupestre entouré d'un étroit couloir ; enfin, citerne de stockage de l'eau et canalisations

40. *Le sanctuaire* rupestre de haut lieu à al-Madhbah, entre le théâtre et le wadi* Farasah. À droite, l'esplanade sur laquelle se réunissaient les fidèles ; on y distingue la banquette sur laquelle ils prenaient place et une petite plate-forme légèrement surélevée, peut-être pour un officiant. Au premier plan au centre, le bassin avec cupule, pour l'égorgement des animaux sacrifiés; une rigole amenait le sang à un bassin de réception visible à droite. Au deuxième plan au centre, le* môtab* *pour placer le bétyle* : on note l'encoche du bétyle et l'escalier devant le môtab.*

d'évacuation. Ces composantes, très simples dans les hauts lieux, se retrouvent, plus développées et abondamment ornées, dans les temples.

Des temples bâtis, plus ou moins identifiés, existent en plusieurs emplacements de Pétra et de ses faubourgs, mais les trois grands sanctuaires sont concentrés dans la cuvette du centre-ville, dont ils constituent une bonne partie de la parure monumentale. Une telle concentration ne va pas de soi, on ne la retrouve pas à Jérash ou à Palmyre : on peut donc supposer à ce regroupement, articulé par la grande voie à colonnade, pavée à partir de 100 apr. J.-C., une fonction de culte national et officiel. À l'évidence aussi, ce culte n'est pas unifié, puisqu'il existe trois sanctuaires de dimensions comparables, dont aucun n'a de prééminence manifeste, et il est très fortement polythéiste, puisque chacun d'entre eux est propre à plusieurs dieux.

■ Le Qasr al-Bint, plus exactement *Qasr bint Fir`aoun,* « château de la fille de Pharaon », doit cette dénomination traditionnelle, fantaisiste et pompeuse et sa réputation, peut-être usurpée, de principal sanc-

tuaire de Pétra à son état de conservation : c'était, avant les grandes fouilles de la fin du XXe siècle, le seul monument construit qui parût debout dans la ville, en partie épargné par le séisme de 363. Son importance majeure est également soulignée par sa position à l'aboutissement de la grande voie à colonnade. On pénètre, en effet, dans son vaste *temenos*, aux limites non complètement dégagées mais qui semble avoir été surtout une longue (180 m x 80 m) cour processionnelle orientée est-ouest, par une porte monumentale à l'extrémité ouest de la voie pavée. Le *temenos* inclut notamment un autel sacrificiel à escalier, imposant mais très ruiné, faisant face au temple. Immédiatement au sud et à l'extérieur du *temenos*, juste après la porte, existe un « petit temple » prostyle, encore non fouillé. Le temple – le Qasr al-Bint proprement dit – pratiquement carré (28 m de côté), orienté vers le sud, apparaît aux visiteurs comme une grande carcasse austère, ni complètement fouillée ni complètement restaurée. Les fouilles successives menées au cours du XXe siècle permettent cependant de restituer sa splendeur : un décor stuqué en relief et peint régnait sur une bonne partie de ses parois extérieures, encore visible au bas de la face arrière, où il figure une architecture en trompe l'œil, discernable en façade grâce aux innombrables petits trous de fixation des stucs. Le temple mesurait 23 m de hauteur. Le vestibule de façade était prostyle tétrastyle *in antis**, couronné d'un fronton, et le temple semble avoir été entouré d'une colonnade sur podium. À l'intérieur, le décor était également stuqué, et par endroits recouvert de feuilles d'or, ce dont on trouve un écho dans le texte de la *Souda* déjà cité : « L'or brille dans tout le temple. » La richesse des dépôts votifs est évoquée par une main de statue, quatre fois plus grande que nature, découverte dans les fouilles des années 1960.

41. *Le Qasr al-Bint, monument bâti le mieux conservé du site, mais loin d'être complètement fouillé, était probablement le plus grand sanctuaire* de Pétra. Son* temenos* *incluait un autel monumental (au premier plan à droite). Le temple mesurait 23 m de hauteur. On voit ici son vestibule prostyle* in antis, *avec au sommet du mur les logements des poutres de couverture. L'architecture, austère, était abondamment rehaussée de stucs. La construction date très probablement du Ier siècle de notre ère, et le temple était sans doute consacré en premier lieu à Dûsharâ, « traduit » sur des inscriptions par « Zeus très-haut ».*

Passé le vestibule, on se trouve dans une *cella** barlongue*, devant trois grandes chapelles placées de front, formant un *adyton** tripartite. L'*adyton* central, le plus petit, est surélevé, constituant donc une forme

de *môtab*. Dans l'épaisseur du mur de fond du temple sont ménagés des escaliers menant à des salles à l'étage (dépôts d'archives, de trésors ou de mobilier cultuel) et aux toitures, qu'une partie du culte ait pris place ou non sur les terrasses de celles-ci. Le triple *adyton* permet de penser que le temple était principalement consacré à une triade : une divinité principale et deux divinités parèdres*. Le dieu majeur n'est pas connu avec certitude, mais des fragments d'inscriptions grecques portant le nom de Zeus Hypsistos, « Zeus Très Haut », probable traduction grecque de Dûsharâ, font supposer que ce dieu était Dûsharâ. En tout état de cause, bien d'autres divinités étaient honorées dans le sanctuaire, car les inscriptions d'époque romaine incluent des dédicaces à Apollon, à Aphrodite, à la Fortune... Ce sanctuaire eut une longue histoire, des débuts de sa construction (fin du Ier siècle av. J.-C. sans doute) à sa désacralisation (début du Ve siècle probablement) : elle est jalonnée par des inscriptions sur les banquettes du *temenos* : une en nabatéen (photo no 10), en l'honneur du roi Arétas IV (8 av. J.-C.-40 apr. J.-C.), une en latin, à Claudius Severus, premier gouverneur romain, d'autres, plus tardives, en grec. La construction de la porte monumentale du *temenos* n'eut lieu qu'au début du IIe siècle, peu après l'achèvement du pavement de la voie du centre-ville. Au IIIe siècle, le sanctuaire restait un lieu officiel majeur : vers 205, un gouverneur, son épouse et ses fils y dédiaient des autels à Septime Sévère, au dieu Liber Pater, protecteur de la dynastie sévérienne, à *Pax, Spes* et *Temperantia*.

■ Le temple aux Lions ailés, ainsi appelé en raison de l'ornementation de certains de ses chapiteaux, est resté longtemps inconnu, jusqu'aux fouilles qui, depuis les années 1970, ont dégagé le temple lui-même et une partie de son *temenos* (photo no 42). Ce sanctuaire s'étage sur les fortes pentes au nord du wadi Mûsa, dominant immédiatement la porte du *temenos* du Qasr al-Bint. Les dimensions sont moins imposantes que celles du Qasr, pour l'ensemble du sanctuaire comme pour le temple proprement dit (26 m x 17 m). Ici, la fin de la construction est bien datée, par une inscription sur plaque de marbre, d'avant 27 apr. J.-C. Ce sanctuaire est donc à la fois légèrement plus tardif et moins important que le Qasr. Un remodelage aurait eu lieu peu après la construction, au milieu du Ier siècle, sous le roi Malichos II, remodelage caractérisé par l'élimination des scènes figurées peintes à l'intérieur du temple : un retour temporaire aux sources aniconiques de la religion et de l'art nabatéens ?

Comme le Qasr, le temple aux Lions ailés a aujourd'hui piètre figure. Le *temenos*, en deux cours étagées le long de la pente, est à peu près incompréhensible : les dénivellations avaient contraint les bâtisseurs à d'importants décrochements verticaux, utilisés pour établir de hautes salles souterraines, qui se sont complètement effondrées, comme l'escalier d'accès, lors du séisme de 363. Cela rend impossible à saisir les éléments essentiels de l'esplanade qui devait couvrir le tout, mais des traces d'ateliers d'artisans travaillant pour le temple – un peintre, un plâtrier – ont été découvertes dans ces salles, ainsi que des pièces interprétées comme les résidences des prêtres ou prêtresses. La qualité des blocs d'architecture utilisés paraît bien fruste, mais il faut restituer un riche décor plaqué : stucs peints, représentations de dauphins, de canthares*, cerclages de marbre moulurés à la base des colonnes, et les fameux chapiteaux aux lions ailés.

Ce temple, orienté vers le nord, est surtout intéressant par son plan, le plus caractéristique des temples nabatéens : ce plan, à l'instar des temples du wadi Ramm et de Khirbet adh-Dharîh, met en évidence la plate-forme cultuelle à bétyles : le *môtab*. Ici, celui-ci se dresse, accessible par de petits escaliers que fermaient des portes de fer, seul au milieu d'une simple *cella* en forme de salle hypostyle. Sous le *môtab*, on note une petite crypte, accessible par-derrière. Elle a pu remplir la fonction de dépôt du mobilier cultuel le plus sacré, dont les bétyles.

La question des divinités adorées n'est, ici encore, pas tranchée. Le bétyle à traits anthropomorphiques stylisés, figurant la « déesse de Hayyân », mentionné plus haut, est en général compris comme représentant la déesse Isis ou al-`Uzzâ, cette dernière traduite par « Aphrodite » dans une inscription gréco-nabatéenne ; les lions des chapiteaux seraient un attribut de la même déesse. Ces deux éléments ne sont cependant pas décisifs, pas plus qu'une stèle funéraire égyptienne figurant Osiris et retrouvée dans le sanctuaire n'établit sûrement des influences isiaques sur le culte. Tenons cependant pour probable que la divinité principale était ici une déesse majeure. Le fouilleur pense à la grande déesse Allath, ce qui n'est pas du tout certain.

■ Le temple Sud, ou « grand temple », ou « temple périptère* » : ces dénominations provisoires désignent un troisième vaste ensemble situé au centre-ville, sur les pentes de la rive gauche du wadi Mûsa, faisant face à peu près au temple aux Lions ailés. Sa fouille, de grande

Double page suivante :
42. *La partie centrale du temple aux Lions ailés, vue vers le sud, avec, au second plan, au centre, le « grand temple » ou « temple Sud ». Daté d'avant 27 de notre ère, consacré sans doute à une déesse (al-`Uzzâ ? Isis ?), il doit son nom aux motifs qui ornaient certains de ses chapiteaux.*
La cella*, *visible ici au premier plan, se présentait comme une salle hypostyle, avec en son centre une plate-forme surélevée – un* môtab* *pour poser les bétyles* –, délimitée par un baldaquin à colonnes sur quatre côtés.*
Une petite crypte (accès visible à gauche au premier plan) était aménagée en dessous, sans doute pour y conserver les bétyles en dehors des cérémonies. Un texte d'Épiphane de Salamine, à la fin du IVe siècle de notre ère, décrit en effet ainsi les rituels, à propos d'Alexandrie, et semble-t-il de Pétra : « Ils transportent l'image sept fois autour du sanctuaire intérieur, avec des flûtes, des tambourins et des hymnes, font un banquet, puis remettent l'image à sa place sous le sol. »*

43. *Le « temple Sud » est l'un des plus vastes ensembles monumentaux de Pétra. Il se compose de deux esplanades en enfilade, accessibles depuis la voie pavée (au premier plan) par de larges volées d'escaliers. Le monument situé au fond de la seconde esplanade, longtemps considéré comme un temple, abrite une sorte de théâtre en hémicycle, ce qui est incompréhensible dans un temple. Ce « théâtre » pourrait être le* bouleutèrion, *le lieu de réunion du Conseil, du début de l'époque romaine, et l'ensemble monumental pourrait être le sanctuaire* d'Aphrodite, où étaient conservés les actes de ce Conseil.*

ampleur, a débuté en 1993. La construction paraît s'échelonner durant le Iᵉʳ siècle apr. J.-C., et le complexe, dans son dernier état, est resté en usage jusqu'à sa destruction par le séisme de 363. La fouille révèle là l'un des monuments majeurs de Pétra, par la richesse de sa décoration, dont l'élément le plus curieux est un ensemble de chapiteaux figurant des têtes d'éléphant, et par ses dimensions : l'ensemble occupe 7 000 m^2. Un imposant réseau de canalisations d'évacuation de l'eau sinue sous les cours. On accède au complexe en montant progressivement vers le sud, depuis la voie pavée à colonnade, par un escalier monumental, qui mène à une vaste cour inférieure pavée de dalles hexagonales et bordée à l'est et à l'ouest d'un double portique à colonnes. Ces deux portiques s'achèvent au sud sur deux grandes exèdres* pourvues de niches pour des statues. De cette cour inférieure, on monte encore, par deux escaliers latéraux symétriques, vers une cour supérieure, également pavée de dalles hexagonales, dans laquelle se dresse le « temple », tétrastyle *in antis*, sur un podium. Les dimensions en sont impressionnantes : 40 m x 28 m, et 19 m de hauteur totale.

Mais est-ce bien un temple ? Ses murs extérieurs enveloppent un édifice périptère, vers le fond duquel montent deux grands escaliers latéraux et symétriques, dont on pensait qu'ils desservaient un *adyton* surélevé. Tel fut sans doute le cas dans les deux premières phases de l'histoire du monument. Mais, dans une troisième phase, avant la fin de l'indépendance nabatéenne selon les fouilleurs, les escaliers encadrent et desservent un théâtre à gradins en hémicycle, ou plutôt un odéon, vu les petites dimensions de l'*orchestra** (6,50 m de diamètre). Un théâtre à l'intérieur d'un bâtiment qui a toutes les apparences extérieures et l'environnement d'un temple : voilà qui est pour le moins peu canonique, et qui laisse les archéologues stupéfaits. L'hypothèse que le bâtiment ait cessé dans cette phase d'être un temple (ou n'en ait jamais été un), et donc l'ensemble monumental cessé d'être un sanctuaire, est avancée : le « temple » serait, ou deviendrait à la fin du Ier siècle, le *bouleutèrion,* le lieu de réunion du Conseil des notables de Pétra. Or, les documents de cette *boulè** de Pétra étaient, d'après un texte des archives de Babatha, daté de 124, conservés dans l'Aphrodision : le temple d'Aphrodite. Il est séduisant de supposer que le temple Sud ne soit autre que cet Aphrodision, transformé vers la fin de l'indépendance nabatéenne, ou juste après, en siège du Conseil. Mais ce n'est qu'une hypothèse. Le phénomène d'un *bouleutèrion* installé dans un sanctuaire ne serait pas tout à fait sans équivalent en Orient : on connaît le cas de celui du temple d'Artémis à Doura-Europos, sur l'Euphrate, vers la fin du IIe siècle apr. J.-C.

Un carrefour de divinités : à l'instar des sanctuaires, désespérément anonymes ou hébergeant une pléthore de divinités, le panthéon nabatéen est obscur : on ne sait rien de la façon dont il était éventuellement hiérarchisé ni des relations entre les dieux. Nous avons déjà vu qu'il comportait une foule de divinités topiques, familiales, voire individuelles, parfois peut-être anonymes, et un grand dieu mâle, Dûsharâ. Celui-ci, dieu topique à l'origine, est devenu le dieu des rois nabatéens et a été adopté par divers groupes de la Nabatène : il peut être ainsi « Dûsharâ de Gaia » (de la bourgade de Gaia al-Jî, voisine de Pétra) ou Dûsharâ-A`râ (par assimilation d'A`râ, dieu de Bosra), honoré jusqu'à Hégra en Arabie. À côté de ce grand dieu mâle existait une grande déesse, al-`Uzzâ, déesse de la Fertilité, que l'on distingue mal d'Allath, comme elle grande déesse des Arabes. Allath n'est pas directement mentionnée par les inscriptions de Pétra, mais elle était, à coup sûr, adorée

44. *Chapiteau à tête d'éléphant, provenant de l'ensemble monumental dit « grand temple » ou « temple Sud ». Sur ces chapiteaux « ioniques » totalement exotiques, les têtes d'éléphant, avec leurs trompes, remplissent le rôle des habituelles volutes. Cette décoration surprenante est typique de l'art « baroque arabe » développé à Pétra, au Ier siècle de notre ère en particulier.*

en Nabatène. Dans les inscriptions religieuses de Pétra, le couple Dûsharâ-al-`Uzzâ (souvent représenté comme un couple de bétyles) prédomine largement. En rapprochant ces données de ce que l'on sait des trois grands sanctuaires, on serait tenté d'interpréter ceux-ci comme étant fondamentalement consacrés à ce couple : le Qasr al-Bint à Dûsharâ, le temple aux Lions ailés à al-`Uzzâ/Isis, le temple Sud à al-`Uzzâ/Aphrodite. Cette hypothèse est peut-être trop rationnelle ; elle ne doit en tout cas pas faire oublier la grande variété des dieux moins importants adorés aussi dans ces temples et dans les autres lieux de culte de Pétra. Ces dieux correspondent à une série de strates ou d'influences géographiques.

Parmi celles-ci, les savants placent souvent aux origines le vieux fonds arabe, les dieux des nomades : les trois déesses Allath, al-`Uzzâ et Manât (celle-ci, déesse du Destin et à ce titre détentrice du *qaysha,* la « coudée » de la juste mesure, n'était pas adorée à Pétra, mais surtout à Hégra), vouées aux gémonies par la sourate de l'Étoile dans le Coran ; Hubal, le grand dieu de La Mekke, dont un clan de Pétra portait le nom ; Rouda, qui semble avoir été « absorbé » par Dûsharâ ; l'étrange dieu de l'Écriture al-Kutbâ, tantôt masculin, tantôt féminin, assimilé au Nébo babylonien, à l'Hermès grec et au Mercure romain, avec une signification astrale ; Shay`'alqawm, « celui qui conduit le peuple », et qui, d'après une inscription palmyrénienne, « ne boit pas de vin ».

Un autre vieux fonds est celui des dieux des Édomites, les prédécesseurs sédentaires des Nabatéens en Nabatène : Qôs, littéralement le dieu de l'Arc-en-ciel, pourrait avoir été le principal dieu du haut lieu de Khirbet at-Tannûr, 100 km au nord de Pétra. Mais, du côté des sédentaires, les Nabatéens accueillirent plutôt, très largement, les dieux de leurs voisins syriens et phéniciens : Baalshamîn, le grand dieu céleste, Atargatis, figurée avec une ample chevelure sur le tympan du temple de Tannûr et, mentionné dans deux inscriptions nabatéennes de Pétra, Hadad enfin.

Un même accueil bienveillant était réservé aux cultes de l'Égypte hellénistique, avec laquelle les Nabatéens entretenaient des relations commerciales privilégiées : les marques de dévotion à Isis sont nombreuses.

Les influences gréco-romaines ne doivent guère être envisagées à travers les exégèses trop zélées des auteurs classiques ou byzantins

(Dûsharâ = Zeus, ou Dionysos, ou Arès, voire une vague préfiguration du Christ, selon Épiphane…). Il est cependant évident que, dès le tournant des Ier et IIe siècles, certaines « équivalences » étaient admises sur place : en témoignent les dédicaces à « Zeus Très Haut » dans le Qasr al-Bint ou la mention du temple d'Aphrodite dans les archives de Babatha. Mais c'est surtout l'iconographie – la statuaire en relief – qui montre que les Nabatéens n'eurent en général aucune réticence, pour le décor sinon pour le culte lui-même, à représenter leurs dieux sous la forme et avec les attributs des dieux du panthéon gréco-romain : ainsi un Dionysos bien hellénistique à Pétra, un Zeus Hadad barbu d'allure fort syrienne à Khirbet at-Tannûr, un Pan, un Hermès, des Dioscures traités dans un style évoquant l'art parthe à Khirbet adh-Dharîh. À s'en tenir à ce décor, certains temples nabatéens apparaîtraient comme des panthéons, au sens architectural du terme.

L'énumération de ces dieux, comme le spectacle de leurs images sur les murs des temples nabatéens, donne l'impression d'un foisonnement anarchique, d'une ouverture totale, somme toute normale de la part d'un peuple largement commerçant. La piété, en revanche, pour autant que l'on puisse l'approcher, semble être toujours restée farouchement attachée à l'adoration des bétyles, et de leurs « sièges », à tous les sens du terme. Une telle religion nous est fondamentalement difficile à comprendre, loin des grandes mythologies comme des grands monothéismes, alors qu'elle en était si proche dans le temps et dans l'espace.

Ce paganisme nabatéen, tout influencé qu'il était par les religions du monde romain, garda donc à Pétra et ailleurs toute sa vigueur jusqu'à la christianisation, qui ne se fit pas sans réticences. Selon Épiphane de Salamine, à la fin du IVe siècle, on vénérait encore, à Pétra et à Élusa dans le Néguev, Dusarès et sa mère la « vierge » Chaamou, dont l'identité est énigmatique et dont rien n'est connu par ailleurs. La *Vie de Barsauma le Syrien* rapporte que ce redoutable évangélisateur, au début du Ve siècle, se heurta d'abord aux portes fermées de « Reqem de Gaia » (Pétra), avant de pouvoir convertir les prêtres des idoles. Sur les confins sud de l'ancien royaume nabatéen, les idoles prospérèrent jusqu'à l'avènement de l'islam. Aujourd'hui encore, lors du pèlerinage à La Mekke, on lapide un bétyle – celui de Satan.

UNE PROMENADE À PÉTRA

COMME N'ONT PAS MANQUÉ de le faire remarquer quelques voyageurs du XIXe siècle, sans doute fatigués de ne lire, de la plume de leurs prédécesseurs, que des descriptions dithyrambiques de la capitale nabatéenne, l'arrivée à Pétra par la route qui mène jusqu'à l'entrée du site n'a rien d'extraordinaire. Le changement de paysage, du plateau calcaire aux massifs gréseux et des collines vallonnées du plateau aux canyons et falaises de Pétra, est certes brutal et dramatique, mais la vue manque de perspective et le site reste invisible derrière la barrière rocheuse qui le dérobe au regard. Cela est d'autant plus vrai aujourd'hui que le développement urbain du bourg de Wadi* Mûsa, et notamment la multitude d'hôtels de tourisme qui ont poussé comme des champignons aux environs immédiats du site, a enlevé à la nature le pouvoir de suggestion qu'elle avait avant l'explosion des réalisations humaines.

Ce préambule peu flatteur est seulement destiné à éviter au voyageur arrivant à Pétra la déception que ne peut manquer de lui causer la première vision qui s'offre à lui depuis la route principale. Heureusement, outre qu'elle disparaît quelques centaines de mètres après le portail d'entrée du site, elle peut également être corrigée en empruntant, en voiture, la route qui relie le bas de Wadi Mûsa au village des Bdûl à Umm Seihûn. De là, en plusieurs endroits et en fin d'après-midi, le site se révèle dans toute la splendeur de ses couleurs et la magie de son décor, identique, ou presque, à ce qu'il était il y a deux mille ans. En

45. *Le Sîq, bordé de parois rocheuses d'une hauteur impressionnante. Sur la droite, à environ 1 m au-dessus du sol, on distingue nettement la saignée dans laquelle étaient placés les tuyaux de poterie formant la canalisation nord du Sîq. À l'origine écoulement naturel du wadi* Mûsa, le Sîq fut transformé par les Nabatéens en une voie de circulation et fut pavé. Avant la reconstruction du barrage de dérivation des eaux, à l'entrée du défilé, les flots emportaient tout sur leur passage. Cela explique que le niveau actuel de circulation se trouve souvent largement en dessous du niveau antique. Le gros de la voie pavée a donc été emporté et le niveau actuel de circulation se situe souvent plus de 1 m en dessous, alors que d'autres secteurs – jusqu'à un dégagement en 1998 – étaient remblayés par des alluvions.*

46 *Le troisième « bloc des djinns » de Bâb as-Sîq, celui qui ne possède pas de chambre funéraire. Les colonnes engagées qui décorent chacune de ses faces (ici la face est) possédaient un chapiteau rapporté (celui de droite est encore partiellement en place). Des éléments de la corniche saillante qui en faisait le tour sont visibles dans la feuillure* ménagée en dessous du sommet.*

plus du plaisir des yeux, ce détour permet de comprendre la topographie à la fois simple et compliquée du site : une cuvette dont les bords plus ou moins abrupts sont entourés d'une série de massifs étagés ou à sommet tabulaire, plus ou moins hauts, coupés de wadis, qui laissent le pas, au nord-est et au sud-ouest, à deux cols, voies de passage obligé pour les caravanes qui traversaient Pétra dans l'Antiquité.

De Bâb as-Sîq au Madhbah

C'est par une voie est-ouest, également empruntée dans l'Antiquité où elle avait néanmoins une vocation plus cérémonielle, que le visiteur accède aujourd'hui au cœur du site. Une fois passée la billetterie, il traverse tout d'abord le secteur de Bâb as-Sîq, la « porte » du Sîq. Les toponymes de Pétra, dont l'un au moins a survécu depuis l'Antiquité, souvent expressifs et parfois non dénués d'humour, ont été donnés par les Bdûl, la tribu bédouine qui habitait à l'intérieur du site avant d'être déplacée, sur décision du gouvernement, dans le village où elle est actuellement installée. Ce secteur, long de quelques centaines de mètres, est souvent parcouru au pas de course par les touristes avides d'aller à l'essentiel. C'est d'ailleurs ce qui distingue, et ceci de façon presque caricaturale pour l'observateur un peu amusé qu'est l'archéologue à sa énième semaine de séjour sur le site, les visiteurs du premier jour des visiteurs du second. Ces derniers prennent en effet beaucoup plus le temps de regarder les vestiges qui se dévoilent au détour d'un virage et dont certains ne sont pas sans intérêt.

Les premiers sont trois tombeaux entièrement détachés de la paroi qui les entoure, mais néanmoins solidaires du substrat rocheux. Appelés « blocs des djinns », ces cubes sont des tombeaux-tours. Les deux premiers se dressent sur un podium à degrés et possèdent chacun une petite

chambre funéraire dont la porte s'ouvre sur le côté est. Le troisième, dont chaque face est décorée de quatre colonnes engagées, était sans doute surmonté d'une structure rapportée, aujourd'hui disparue. En témoigne la présence, légèrement en contrebas du sommet, d'une corniche faite de blocs insérés horizontalement dans une feuillure* (photo n° 46). Contrairement aux deux premiers, il ne possède pas de chambre funéraire, mais une tombe à fosse de 2 m de profondeur, inaccessible sans passerelle, est creusée au sommet. Elle a été retrouvée vide et n'a peut-être jamais été utilisée.

Un peu plus loin, sur la gauche, se dresse le tombeau aux Obélisques, ainsi dénommé en raison des quatre pyramides allongées qui en couronnent la façade (photo n° 47). La présence des obélisques et le fait que la salle de banquet et la chambre funéraire soient regroupées, l'une au-dessus de l'autre, dans un seul et même monument, en font un tombeau unique en son genre à Pétra. La façade de la salle de banquet présente six colonnes engagées surmontées d'un fronton triangulaire brisé encadrant un fronton cintré. Au-dessus sont taillés six pilastres* nains dont les deux paires centrales portent chacune une moitié du fronton brisé, les deux moitiés étant reliées dans leur partie supérieure par une corniche horizontale. Deux portes, percées de part et d'autre de la façade, donnent accès à des chambres annexes de petites dimensions dans lesquelles sont creusées des tombes à fosse. La paroi du fond du *triclinium** contient trois *loculi** dont la présence est sans doute due au manque de place dans les chambres funéraires associées au monument. La banquette, munie d'escaliers d'accès latéraux, court sur trois côtés de la salle et possède un rebord pour le dépôt des plats. Le premier niveau, dominé par les obélisques, contient la chambre funéraire principale. Sa façade est beaucoup moins décorée puisque seule la porte, accessible par un escalier rupestre aménagé sur la gauche, est surmontée d'une frise dorique*. Une niche, dans laquelle est sculpté un personnage drapé dont il manque la tête, est taillée entre les deux obélisques du milieu. Il est généralement admis que cette figure – ainsi que les obélisques qui l'encadrent – est la représentation symbolique des défunts inhumés à l'intérieur du tombeau.

En face de ce dernier, au-dessus d'une grotte d'aspect très fruste, est gravée l'une des rares inscriptions bilingues de Pétra, grecque et nabatéenne. Datée du règne d'un roi Malichos, elle mentionne la construction, par un certain \`Abdmankû fils d'Achaios, d'une sépulture

47. *Le tombeau aux Obélisques, à Bâb as-Sîq, est la première façade rupestre de grandes dimensions que visitent les touristes. Sur deux étages, il associe un tombeau (en haut) et un* triclinium* *(en bas). Une telle association tombeau-salle de banquet existe ailleurs, mais toujours sur un seul plan, le* triclinium *se trouvant à proximité du tombeau et non en dessous. Des repas étaient donc pris en commun, à l'occasion de réunions commémoratives, par les proches des défunts inhumés dans le tombeau, défunts dont le nombre à l'origine est donné par celui des* nefesh* *qui dominent le monument.*

faite pour lui-même et sa postérité, « pour l'éternité des siècles ». Le monument dont il est question dans ce texte pourrait être le tombeau aux Obélisques, mais rien ne permet de l'affirmer. Dans un mamelon non visible depuis la route et au nord de celle-ci se trouve un complexe funéraire comprenant une série de niches, une salle de banquet, une chambre funéraire et une citerne. Dans la paroi du fond de la salle de banquet est gravée la plus ancienne inscription nabatéenne de Pétra (96 av. J.-C.), celle d'Aslah fils d'Aslah annonçant qu'il dédie les salles et la citerne à Dûsharâ. Enfin, il ne faut pas oublier de mentionner, au sud de la route et à l'est du tombeau aux Obélisques, la tombe au Serpent, chambre funéraire précédée d'un couloir d'accès, dont le sol contient onze tombes à fosse et dont la paroi porte un relief d'un type unique à Pétra : un serpent semble attaquer un animal – un chacal ? – au-dessus et à gauche duquel est représenté un cavalier sur sa monture, à moins qu'il ne s'agisse d'un bétyle* (photo n° 25).

La piste permet de rejoindre, quelques centaines de mètres plus bas, le goulet formant l'entrée du Sîq. C'est une gorge naturelle de 2,5 à 15 m de large et d'environ 2 km de long, bordée de falaises pouvant atteindre jusqu'à 140 m de haut (photo n° 4). Afin d'éviter que les pluies, souvent torrentielles dans la région, ne s'engouffrent dans le défilé, les Nabatéens ont creusé dans le rocher, immédiatement à droite de l'entrée du Sîq, un tunnel de dérivation long d'une centaine de mètres. À la suite d'un accident qui coûta la vie à vingt-quatre touristes français au début des années 1960, le barrage qui permettait de dévier les eaux vers le tunnel et de là vers un wadi latéral, fut reconstruit en 1964. Douze *nefesh** inscrites, actuellement invisibles car recouvertes de déblais, furent mises au jour durant les travaux. Elles étaient placées en un point stratégique, puisque toutes les personnes empruntant le Sîq pouvaient avoir une pensée pour les défunts qu'elles commémoraient. L'une d'elles mentionne « Petraios fils de Threptos, originaire de Reqem [Pétra], mort et enterré à Garshû [Jérash] ». Cette inscription est la première attestation en nabatéen du nom sémitique de Pétra, connu jusque-là par d'autres sources. La racine *rqm*, on l'a dit, qualifie habituellement des pierres ou broderies multicolores, et le caractère bigarré des grès de Pétra explique aisément le nom qui lui a été donné dans l'Antiquité.

L'entrée du Sîq était autrefois matérialisée par un arc qui s'est effondré en 1895 et qui apparaît encore sur des gravures anciennes

48. *L'un des deux piliers rupestres – celui du nord – sur lequel venait s'appuyer l'arc maçonné qui enjambait l'entrée du Sîq avant son effondrement en 1895.*

49. *Niche du Sîq, contenant un bétyle* ovoïde, dédiée par les panégyriarques d'Adraa – moderne Der`â à la frontière syro-jordanienne – venus à Pétra pour annoncer peut-être la foire de leur ville. La forme de ce bétyle est caractéristique du bétyle de Dusarès tel qu'il apparaît sur les monnaies d'Adraa à l'époque romaine, ce qui ne laisse aucun doute sur l'identité du dieu ainsi représenté.*

(photo nº 6). Il reposait sur des piliers rupestres décorés de niches qui contenaient peut-être des statues (photo nº 48). Les premières traces de l'activité des Nabatéens dans le Sîq, guère spectaculaires mais essentielles pour leur survie dans un milieu semi-aride, sont les canalisations creusées dans chacune des parois qui le bordent (photo nº 45). Celle de droite contient des canaux de poterie formés de segments de tuyaux imbriqués les uns dans les autres, procédé garantissant à la fois la propreté de l'eau et une déperdition minimale du précieux liquide. Le dallage qui couvrait l'ensemble du Sîq reste visible en plusieurs endroits. Une cinquantaine de niches cultuelles, plus baroques les unes que les autres – ce sont sans conteste les plus élaborées de Pétra –, sont taillées à intervalles irréguliers de part et d'autre du Sîq. L'une d'elles, encadrée de pilastres surmontés d'une frise dorique, contient deux bétyles de dimensions inégales. Le plus grand, à gauche, est de type anthropomorphe, puisque les yeux et le nez sont représentés respectivement par deux carrés et un rectangle. Peu avant d'arriver à la Khazneh Fir`aoun, sur la gauche, un groupe d'une dizaine de niches taillées côte à côte attire l'attention. L'une d'elles, encadrée de pilastres, contient un bétyle de forme ovoïde reposant sur un socle mouluré. L'inscription grecque gravée en dessous nous apprend qu'elle a été dédiée par un chef de foire, un panégyriarque, originaire de la ville d'Adraa en Syrie – la

moderne Der`â – venu sans doute à Pétra en délégation (photo nº 49). Quelques mètres plus loin, ce sont quatre dromadaires et leurs chameliers, plus grands que nature, qui sont taillés l'un derrière l'autre dans la paroi rocheuse (photo nº 74).

Objet de toutes les attentions, immortalisée quotidiennement par des centaines de touristes fascinés par tant d'élégance, la Khazneh est, dans un premier temps, partiellement masquée par les parois sombres du Sîq qui augmentent par contraste, surtout le matin lorsqu'elle est éclairée par la lumière rasante du soleil, la roseur du grès dans lequel elle est taillée (photo nº 5). Elle doit son nom, « Trésor du Pharaon », à la croyance bédouine selon laquelle Pharaon aurait caché sa fortune dans l'urne qui coiffe la *tholos** de l'étage supérieur. Longtemps tenace, cette légende explique les impacts de balles dont l'urne est criblée, les Bédouins la prenant pour cible avec leurs fusils pour en extraire l'or et les diamants. L'iconographie des sculptures qui décorent les panneaux latéraux du registre inférieur de la façade ne laisse planer aucun doute sur le caractère funéraire du monument. Ces sculptures représentent en effet Castor et Pollux qui étaient chargés, dans la mythologie grecque, d'accompagner les âmes des morts jusque dans les Champs Élysées. La sculpture centrale de la *tholos* est une Isis-Fortune tenant une corne d'abondance dans une main et une patère* dans l'autre, tandis que les pavillons latéraux contiennent chacun des Amazones brandissant des haches au-dessus de la tête (photo nº 51). Le symbole d'Isis, un disque solaire surmonté d'épis de blé, figure en bonne place au sommet du fronton triangulaire couronnant le registre inférieur. La fonction précise de la Khazneh, tombeau ou cénotaphe, est difficile à déterminer, car les différentes chambres dont elle se compose ont été retrouvées vides et ne contiennent pas de *loculi*. La date de sa construction, longtemps controversée, est sans doute à placer à l'époque d'Arétas IV (9 av.-40 apr. J.-C.) dont elle pourrait être le monument funéraire. La Khazneh occupe une position centrale dans une esplanade qui contient d'autres monuments parmi lesquels, sur le côté nord-est, un tombeau dont la fouille a livré un dépôt daté du Iᵉʳ au IIIᵉ siècle de notre ère

50. *L'acrotère* faîtier du fronton de la Khazneh représente le symbole de la déesse Isis : un disque solaire surmonté d'épis de blé. La figure sculptée qui se dresse au-dessus est celle qui occupe le centre de la* tholos* *du monument : Isis-Fortune. Le culte d'Isis, sous l'influence de l'Égypte lagide, est important à Pétra.*

et, sur le côté nord-ouest, un grand *triclinium* accessible par une volée de marches taillées dans le rocher. Il est vraisemblable, quoique non prouvé, que cette salle servait aux repas commémoratifs pris en l'honneur du personnage pour lequel la Khazneh a été construite.

Après la Khazneh, le Sîq s'élargit et les tombeaux prennent définitivement le pas sur les niches. Composée en majorité de tombeaux à une rangée de merlons*, les plus simples à mettre en œuvre, la nécropole du théâtre compte à elle seule une centaine de façades taillées en rangs serrés le long des talus (photos nos 8 et 24). Nous reviendrons plus tard sur le théâtre, qui a empiété sur cette nécropole, et nous nous dirigeons pour l'heure vers l'une des voies processionnelles menant au Madhbah, le haut lieu principal de Pétra dont le nom signifie « lieu de sacrifice ». Comme toutes les voies processionnelles menant aux hauts lieux du site, elle comporte plusieurs centaines de marches taillées dans le rocher, mais elle n'est bordée que d'un ou deux oratoires. Le sommet est un plateau au milieu duquel se dressent deux obélisques, vestiges d'une carrière qui a entièrement remodelé le paysage. Les blocs extraits ont été utilisés par les Nabatéens pour édifier une citadelle, démantelée à l'époque médiévale pour construire un petit fortin. Les deux obélisques, d'environ 7 m de haut, sont généralement interprétés comme des bétyles marquant l'entrée du *harâm,* l'aire sacrée du sanctuaire*. Celui-ci est aménagé sur la crête du massif et se compose d'une plate-forme creusée dans le rocher de 14,40 m de long et de 6,25 m de large (photo no 40). Une dalle légèrement surélevée, dans laquelle on voit volontiers l'estrade sur laquelle se tenait le prêtre, est aménagée au milieu. Sur le côté ouest se dressent un *môtab** et un autel. Le premier est précédé de quelques marches et présente au sommet une mortaise* permettant d'encastrer le bétyle portatif, amené sans doute en procession lors des cérémonies. Quant à l'autel, séparé du *môtab* par un étroit couloir, il présente une vasque communiquant par un canal avec un bassin dans lequel le sang des victimes, exclusivement animales, était collecté. Les côtés nord, est et sud de la plate-forme sont occupés par une banquette sur laquelle prenaient place les fidèles. Une citerne, aménagée non loin, permettait de nettoyer les installations rituelles après chaque utilisation. La descente (ou la montée si les Nabatéens faisaient le circuit dans l'autre sens !) se faisait par une seconde voie, tracée sur le versant ouest du massif et empruntant le wadi Farasah, « féroce » en arabe, toponyme dû à la pré-

51. *Pavillon du registre supérieur de la Khazneh, à droite de la* tholos*. *Il est occupé par une Amazone vêtue d'une jupe qui brandit une hache au-dessus de sa tête. Il s'agit, parmi beaucoup d'autres, de l'adoption d'un thème iconographique hellénistique, sans doute sous l'influence d'Alexandrie.*

52. *Ce pilier est l'un des deux obélisques qui dominent les visiteurs au débouché de la voie processionnelle sur le plateau du jebel al-Madhbah. Ils résultent de l'exploitation de l'ensemble du secteur, sur plusieurs dizaines de mètres de côté, comme carrière d'extraction de la pierre. Ce sont les tailleurs eux-mêmes qui ont laissé subsister ces deux obélisques, de façon certainement volontaire mais pas nécessairement avec l'idée de créer des bétyles* monumentaux.*

sence d'une fontaine monumentale en forme de lion aménagée au bord du chemin. Elle était alimentée, au moyen d'une longue canalisation, par la source de `Aïn Brâq qui jaillit au sud du site. Cette fontaine – l'eau sortait par la gueule du lion – était l'équivalent, pour les pèlerins nabatéens, des buvettes qui jalonnent aujourd'hui les sentiers de Pétra. Peu avant de l'atteindre, sur la droite en descendant et au pied d'un rocher en forme de champignon, est taillé un bétyle surmonté d'un médaillon contenant la représentation d'un dieu juvénile couronné de pampres*, probablement Dionysos, auquel Dûsharâ était assimilé.

53. *Le tombeau du Soldat romain, dans le wadi* Farasah, est remarquable par les reliefs figurés qui occupent les trois niches aménagées entre les colonnes. La porte est ici surmontée d'une frise dorique*. Le tombeau est associé au* triclinium* *du même nom, dans un complexe funéraire dont les parties bâties ont été emportées par l'érosion. Le nom, conventionnel, est inspiré par la statue du milieu et ne signifie pas nécessairement qu'il s'agit du tombeau d'un soldat romain.*

Du wadi Farasah au Deir

Dans le lit du wadi Farasah se trouve le monument connu sous le nom de temple du Jardin. Sa façade, précédée d'une avant-cour accessible par quelques marches, est composée de deux colonnes libres encadrées de pilastres et ouvre sur deux pièces disposées en enfilade. Le grand mur qui s'élève immédiatement à sa droite est celui d'une citerne. La fonction de ce monument, retrouvé vide à l'exception d'une stèle funéraire ornée d'une croix qui provient sans doute d'une réutilisation à l'époque byzantine, est incertaine : s'agit-il d'un temple ou d'une tombe ? Par sa forme, il ressemble à ce que serait sans doute devenu le monument inachevé taillé dans la face est du massif d'al-Habîs.

Plus bas se trouve le complexe funéraire du Soldat romain, qui occupe les deux rives du wadi Farasah. Sur la rive gauche est édifié le tombeau dont les figures, sculptées dans six blocs de calcaire superposés insérés dans des niches, lui ont valu son nom actuel. Celle qui orne la baie centrale représente en effet un personnage portant une cuirasse, peut-être un militaire nabatéen plutôt que romain. La façade du tombeau, de style hellénisant, est composée de quatre colonnes engagées surmontées d'un fronton triangu-

laire pourvu de trois acrotères*. Sur la rive droite se trouve le *triclinium,* associé au tombeau, dont les parois aujourd'hui dénudées étaient jadis recouvertes de stucs peints. C'est dire que les Nabatéens étaient insensibles à la couleur du grès dans lequel ils taillaient leurs monuments et devant laquelle nous nous extasions aujourd'hui. Chacune des trois parois de ce *triclinium* est décorée de six colonnes engagées entre lesquelles sont creusées des niches vides. D'après les plans dressés au début du siècle, une cour à portique s'étendait entre le tombeau et son *triclinium.*

Avant de rejoindre la ville basse et ses monuments publics, un détour vers l'ouest permet d'observer de loin quelques-uns des tombeaux de la nécropole aménagée au pied d'Umm al-Biyârah. C'est le nom donné au massif généralement identifié avec la « roche » dont parle Diodore de Sicile et au sommet de laquelle ont été retrouvées les citernes nabatéennes ou édomites qui lui ont donné son nom, « mère des citernes » en arabe. Cette nécropole contient une proportion importante

54. *Le* triclinium* *du tombeau du Soldat romain, dont on a déjà vu le dessin réalisé en 1828 par Laborde (photo n° 7). Les banquettes ménagées dans la roche, sur trois côtés, dessinant un plan en U, sont bien visibles. On remarque sur les parois le rythme régulier des demi-colonnes – purement décoratives – encadrant les niches murales. Sur un autre registre, au plafond, les traces noires dues aux feux allumés par les Bédouins.*

55. *Contrairement aux apparences, on peut à peine se tenir debout dans cet abri-sous-roche situé au sommet d'Umm al-Biyârah. Grâce à leur protection naturelle, les niches sont très bien conservées. Un groupe d'inscriptions gravées sur un rocher vertical à quelques mètres témoigne de la fréquentation de ce sanctuaire*, consacré à Zeus Saint Sauveur, à l'époque nabatéenne. Umm al-Biyârah est aussi le lieu d'un établissement édomite pré-nabatéen, et peut-être également la citadelle d'origine des Nabatéens à Pétra.*

56. *Le monument au Serpent, dans le secteur d'ath-Thughrah, avec son reptile en forme de bouées superposées. Le serpent est un symbole protecteur, gardien des lieux sacrés et de l'au-delà, que l'on trouve ailleurs à Pétra sous la forme de reliefs figurés.*

de tombeaux à deux rangées de merlons, d'une part, et de type Hégra, d'autre part. Une saignée dans le massif a permis l'aménagement d'une voie, monumentale dans sa partie basse mais assez mal conservée ensuite qui permet, encore aujourd'hui, d'accéder au sommet sans grande difficulté. Hormis les vestiges d'un habitat d'époque édomite et les quelques citernes souterraines en forme de poire, le plateau d'Umm al-Biyârah ne contient qu'un sanctuaire aménagé dans un abri sous roche situé en contrebas du rebord nord-ouest du plateau et difficile à trouver sans guide. Selon l'inscription grecque qui lui est associée, il est dédié à Zeus Saint Sauveur. Plusieurs niches de petites dimensions, très bien conservées car protégées des intempéries, sont taillées sur sa paroi principale. L'une d'elles contient un bétyle posé sur une base à degrés, tandis qu'une autre contient un autel au centre duquel, dans une niche, se dresse un minuscule bétyle. Des panneaux de bois ou de métal étaient encastrés dans des niches plates creusées à l'extrémité gauche de la paroi et des anneaux taillés dans le rocher servaient sans doute à accrocher des offrandes.

En suivant le wadi ath-Thughrah, on accède au secteur du même nom par une route antique le long de laquelle sont taillées plusieurs dizaines de *nefesh* qui obéissent, là encore, à la nécessité d'être vues par les passants. De même que Bâb as-Sîq, ath-Thughrah est un secteur qui n'appartient pas à proprement parler à l'espace urbain de Pétra. Le premier en est séparé par le Sîq et le second par 1 ou 2 km de piste carava-

nière. Le long de cette dernière, à intervalles plus ou moins réguliers, des cavités quadrangulaires creusées dans le sol, d'une vingtaine de centimètres de côté, recevaient sans doute des bornes. Le monument le plus célèbre d'ath-Thughrah est le monument au Serpent, formé d'un cube plein d'environ 3,30 m de côté et surmonté d'un reptile stylisé de 2 m de haut taillé dans la masse du rocher. Dans la mesure où le serpent a une fonction apotropaïque*, il faut sans doute y voir le « bon génie », gardien du repos des morts.

Pour retourner dans le centre de la ville, on emprunte l'itinéraire suivi par la plupart des premiers voyageurs arrivant par le sud depuis le wadi `Arabah. Le plus ancien dont le récit nous soit parvenu – 1276 – est le sultan mamelouk Baïbars, venant d'Égypte et pressé de déjouer le complot tramé contre lui à Kérak par la dynastie rivale des Ayyoubides (voir p. 41-42). C'est également là que les deux voyageurs français Laborde et Linant de Bellefonds débouchèrent en 1828. En attaquant la côte qui permet de rejoindre le sommet de la colline d'al-Kâtûteh, on remarque sur la droite le dépotoir de Pétra. Il s'agit d'un amas de déblais antiques de plusieurs mètres d'épaisseur, regorgeant de céramique, dont la principale phase d'utilisation semble dater du Ier siècle de notre ère. Plus au nord, sur le replat, se dresse le Zibb Fir`aoun, le « sexe de Pharaon » comme l'ont surnommé les Bédouins. C'est une colonne isolée qui appartient à un monument dont le plan n'a pas encore été révélé par la fouille.

57. *Le vestibule, aux parois couvertes de logettes, du colombarium d'al-Habîs.*

En longeant la face est d'al-Habîs, on ne peut manquer d'apercevoir un curieux petit monument dont il n'existe qu'un seul exemple à Pétra : un *colombarium*. Il est composé d'un vestibule et d'une chambre dans les parois desquels sont aménagées des logettes rectangulaires. On a longtemps débattu sur la fonction de ces logettes – niches à pigeons ou emplacement pour urnes cinéraires ? Malgré la découverte, dans les années 1920, de traces de cendre, il est peu probable qu'elles aient contenu des urnes. Elles sont en effet très peu profondes, et on voit mal comment des objets aussi fragiles auraient pu y être déposés. Il n'est

58. *Le* triclinium* *aux Lions du wadi* ad-Deir, qui ne mesure que 8 m de haut, a certainement une fonction funéraire, car deux tombeaux sont aménagés dans le même petit wadi. L'escalier qui permet d'y accéder est inachevé sur la gauche. Le décor figuré, ici un lion de chaque côté de la porte et une tête de méduse à chaque extrémité de la frise dorique*, est assez rare dans les monuments rupestres de Pétra.*

cependant pas exclu que les deux fonctions aient coexisté, selon des modalités qui restent à déterminer.

Laissant de côté les temples du centre monumental et traversant le wadi Mûsa, nous suivons pendant quelques minutes le lit du wadi ad-Deir, bordé de grottes aujourd'hui béantes, vestiges de maisons qu'il faut imaginer débordantes d'activité. Plus loin, au fond d'un diverticule de quelques dizaines de mètres qui s'ouvre sur la gauche du chemin, se trouve le *triclinium* aux Lions. Il est reconnaissable à sa porte en forme de trou de serrure – elle était à l'origine surmontée d'une lucarne – et aux lions sculptés de profil de chaque côté de l'ouverture. Un bétyle taillé à gauche du monument est le signe qu'il

était placé sous la protection divine. De retour au chemin principal, on se dirige vers le plateau du Deir. De nombreuses niches à bétyle, qui sont autant d'oratoires devant lesquels les pèlerins pouvaient exprimer leur dévotion, sont taillées dans les rochers qui bordent la voie processionnelle. L'une d'elles contient six bétyles de dimensions inégales. Représentent-ils six divinités différentes ou six symboles de la même divinité commandités par six personnes ? À environ mi-parcours, sur la droite, une série d'escaliers en lacets permet d'atteindre le sanctuaire dit du Qattâr ad-Deir. Aménagé au fond d'un wadi étroit et encaissé, sur une terrasse ombragée par la falaise qui le domine, c'est un havre de fraîcheur et de sérénité. Il doit son nom, « goutte-à-goutte », à l'eau qui suinte naturellement entre deux strates du rocher vertical. Elle est soigneusement récupérée dans plusieurs bassins reliés par des canaux. Une salle de banquet et une dizaine de niches vides ou à bétyle complètent l'installation. La niche la plus célèbre est celle qui contient le bétyle dit « à la croix de Lorraine », car une croix à deux branches horizontales est incisée sur le corps du bétyle. Une dédicace voisine l'identifie comme étant le « dieu qui est à Bosra », dénomination derrière laquelle se cache sans doute Dûsharâ. Des dizaines d'inscriptions, signatures de pèlerins venus là se recueillir quelques instants ou participer aux réunions d'un thiase*, sont gravées de manière assez anarchique sur les rochers environnants.

L'attraction principale du plateau du Deir est le monument du même nom qui signifie « monastère ». Il se dévoile immédiatement à droite du débouché de la voie sur le plateau. Plus trapu que la Khazneh, avec laquelle il rivalise de somptuosité, il est taillé dans des grès de couleur jaune-ocre (photo n° 59). Sa façade comporte deux registres : celui du bas comprend huit colonnes engagées supportant un entablement* simple, et celui du haut une *tholos* encadrée de deux pavillons surmontés chacun d'une moitié de fronton brisé. La façade était encadrée sur deux côtés par une colonnade, dont les vestiges sont encore visibles sur le côté sud. Les dégagements entrepris à l'intérieur il y a quelques années ont mis en évidence la présence de deux banquettes peu élevées aménagées le long des parois latérales. Quant à la paroi du fond, elle contient une alcôve cintrée creusée à environ 1 m au-dessus du sol, accessible par deux escaliers latéraux. C'est un podium, sans doute le *môtab* sur lequel était posé un bétyle.

59. *Le Deir n'est pas un tombeau mais un sanctuaire*, accessible depuis la ville basse par une voie processionnelle d'environ 800 marches. Il est plus trapu que la Khazneh, ce qui n'empêche pas qu'on le préfère souvent à cette dernière, sans doute en raison du cadre naturel grandiose et sauvage dans lequel il a été taillé. Une inscription nabatéenne mentionnant « Untel fils d'Untel et ses compagnons du thiase d'Obodas le dieu » étant gravée non loin, on reconnaît généralement dans ce monument un lieu de culte consacré au roi nabatéen divinisé Obodas Ier.*

Le plateau du Deir était densément occupé à l'époque nabatéenne. Les ensembles domestiques, les chambres cultuelles et les salles de banquet témoignent de la présence permanente d'une population habitant cette proche « banlieue » de Pétra bien approvisionnée en eau par un réseau impressionnant de citernes. Celles-ci sont d'ailleurs, avec le Deir, parmi les vestiges les plus intéressants de ce secteur. Plusieurs d'entre elles, partiellement souterraines et très bien conservées, sont aménagées à quelques dizaines de mètres au nord du monument, sur la même paroi.

La ville basse

De retour à la ville basse, arrêtons-nous quelques instants dans le *temenos** du Qasr al-Bint (voir aussi p. 78-80). Long de 180 m, il se trouve dans une position privilégiée, à l'extrémité de la voie de circulation principale du site. Sur son côté sud se dresse le temple proprement dit, qui est de type tétrastyle *in antis**, presque carré – environ 28 m de côté –, et qui appartient à la catégorie des temples à *cella** tripartite (photo nº 41). Le *pronaos**, ou vestibule, est accessible par un escalier de marbre blanc de vingt-deux marches. Du *pronaos*, une haute porte ouvre sur la *cella* dont la partie postérieure est divisée en trois compartiments de largeurs inégales. Ils servaient d'*adyton**, ou saint des saints. Accolée contre la paroi du fond, une plate-forme de 1,40 m de haut, desservie par deux escaliers, recevait le bétyle sacré décrit par la *Souda*, un lexique byzantin du Xe siècle. Enfin, en face du temple, se dresse un autel monumental précédé de quelques marches. Le Qasr al-Bint a pour *terminus post quem* le règne d'Arétas IV, car une inscription nabatéenne mentionnant la statue de ce roi est gravée sur un bloc intégré dans la maçonnerie de la banquette – structurellement antérieure au Qasr – qui borde le côté sud du *temenos* (photo nº 10).

Construite, dans la forme qu'on lui connaît actuellement, à la fin du Ier ou au début du IIe siècle de notre ère, la voie pavée, le *cardo* de Pétra, est très bien conservée dans sa partie terminale, des environs du nymphée* à la porte du *temenos*, sur environ 240 m de long (photo nº 9). Elle mesure 6 m de large, a une cambrure assez importante et ne présente pas ces marques de roues de chariot si caractéristiques des voies romaines. Elle est flanquée de trottoirs assez larges accessibles par deux marches et bordée

au sud de boutiques d'époque tardive. Dans sa partie est, le pavement est fait de longues dalles de calcaire régulières et soigneusement taillées, tandis que dans sa partie ouest, il est composé de blocs plus petits et moins bien assemblés. La porte du *temenos*, construite après la mise en service de la voie, en marque la limite ouest. Ce n'est pas un arc triomphal, mais une véritable porte commandant l'accès à l'aire sacrée du Qasr al-Bint. Elle pouvait être fermée, comme en témoigne la présence de mortaises destinées à l'encastrement de verrous. C'est une porte à triple baie, celle du milieu étant plus large que les autres. Les pilastres qui flanquent la baie centrale portent des panneaux décorés de motifs géométriques et floraux, de bustes et de militaires en armes.

60 *Face ouest, côté* temenos* *du Qasr al-Bint, de la porte à triple baie qui termine la voie à colonnade et la sépare du* temenos. *Elle est structurellement postérieure à la voie pavée, dont une partie a dû être démontée lors de sa construction, et elle n'est donc pas antérieure à la fin du Ier siècle de notre ère. Il est vraisemblable qu'elle a succédé à un dispositif plus ancien, dont les traces ont été retrouvées en fouille.*

Au nord de la voie à colonnade, accessible à l'origine depuis celle-ci au moyen d'un pont enjambant le wadi Mûsa, se trouve le temple dit « des Lions ailés » (voir aussi p. 80-81). Il doit son nom à la découverte, dans la *cella*, de chapiteaux corinthiens ornés de ces figures mythiques. Une fois le wadi traversé, deux cours successives permettaient d'atteindre le temple proprement dit (photo n° 42). Il est composé d'un *pronaos in antis* et d'une *cella* carrée de plus de 17 m de côté dont les murs sont ornés de colonnes engagées entre lesquelles sont creusées des niches recouvertes de stuc. Au centre de la *cella* se dresse une plateforme de 1,40 m de haut, accessible par deux étroits escaliers de quatre marches flanqués chacun d'une colonne. Un portique large de 1,60 m fait le tour de la plate-forme qui supportait l'idole sacrée. Un escalier construit à l'ouest du temple desservait des pièces annexes où se trouvaient les ateliers d'un marbrier et d'un peintre. Une inscription gravée sur une plaque de marbre, trouvée dans l'une des pièces annexes, men-

tionne les offrandes en or et en argent qui auraient été déposées dans le temple. Elle est datée de 27 de notre ère, mais le temple doit être légèrement plus ancien.

À l'est du temple aux Lions ailés se trouve l'une des quatre églises byzantines de Pétra connues à ce jour. Elle est de plan basilical* à trois absides, et deux rangées de huit colonnes séparent la nef des bas-côtés qui sont décorés de mosaïques de pavement polychromes (voir aussi p. 35). Le bas-côté nord contient trois rangées de vingt-huit médaillons circulaires. Dans ceux du milieu sont représentés des amphores, des vases, des candélabres et des paniers, tandis que les médaillons latéraux contiennent des animaux et des personnages. Le bas-côté sud contient une rangée centrale de médaillons rectangulaires où figurent, entre autres, la personnification des Quatre Saisons, de l'Océan, de la Terre et de la Sagesse, identifiés par de courtes inscriptions en grec. De part et d'autre de cette rangée centrale, des médaillons carrés ou circulaires représentent des poissons, des oiseaux et autres animaux (photo n° 15). C'est cette église, fouillée depuis 1992 par une équipe américaine, qui a livré un corpus impressionnant de *papyri* carbonisés écrits en grec cursif. Datés du VIe siècle, ils constituent une mine de renseignements inépuisable pour l'étude de Pétra à l'époque byzantine (voir aussi p. 35-38).

Au sud et au-dessus de la porte du *temenos* se trouvent une série de pièces qui n'ont pas fait l'objet de fouilles systématiques. Elles forment ce qu'on appelle communément les « thermes » de Pétra, bien qu'il ne s'agisse vraisemblablement pas d'une installation de bains, mais peut-être d'une résidence palatiale. La première pièce, circulaire, de 5,12 m de diamètre, est couverte d'une coupole percée au sommet pour laisser passer la lumière du jour. Elle est décorée de niches semi-circulaires et de huit demi-colonnes engagées et était entièrement couverte de stucs. La seconde pièce, accessible par deux ouvertures pratiquées dans le mur sud de la pièce circulaire, n'a pas été dégagée jusqu'au niveau du sol. Elle est couverte par une coupole sur pendentifs avec ouverture au centre. Des traces de stuc ont été repérées sur la coupole. À l'est de la pièce circulaire enfin se trouve une cage d'escalier dont les parois sont décorées de panneaux peints en rouge et jaune. Par son décor, cet ensemble pourrait être daté de la première moitié du Ier siècle avant notre ère.

Immédiatement à l'est des « thermes », sur une terrasse artificielle, se dresse le temple Sud, fouillé depuis 1993 (photo nº 43 ; voir aussi p. 81 et 84-85). Il est précédé d'un escalier formant propylée* et d'un *temenos* inférieur recouvert de dalles hexagonales flanqué de chaque côté d'une double colonnade terminée par une exèdre* semi-circulaire. Occupant toute la largeur de ce *temenos* inférieur, un escalier monumental donne accès à un *temenos* supérieur dans lequel s'inscrit le temple proprement dit. Celui-ci, de type tétrastyle *in antis*, accessible par un escalier aménagé entre les deux colonnes centrales de la façade, mesure 40 m de long et 28 m de large. Il comprend un *pronaos* et une *cella* dont l'entrée est marquée par deux colonnes. Au fond de celle-ci se trouve un *adyton* à deux ou trois étages. La fouille du temple a livré de très nombreux éléments de décor architectural parmi lesquels un chapiteau à volutes en forme de têtes d'éléphant (photo nº 44). L'étude du matériel mis au jour a montré que sa mise en chantier remonte au début du Ier siècle de notre ère.

Sur tous les plans du centre de Pétra, le secteur situé au sud de la voie, à partir du temple Sud et sur environ 200 m, est occupé par trois grandes esplanades interprétées comme des marchés portant, d'ouest en est, les noms de marché inférieur, médian et supérieur. Le marché supérieur, le mieux conservé, est précédé d'un escalier monumental, qui a été dégagé en 1997. Il s'agit d'une plate-forme artificielle d'environ 70 m de côté protégée par une série de murs de soutènement. Une inscription grecque retrouvée dans les années 1950 sur les degrés inférieurs de l'escalier ainsi que des vestiges de soubassements attestent qu'un arc monumental, dédié à l'empereur Trajan par la ville de Pétra en 114 de notre ère, enjambait l'escalier sur une partie de sa largeur. De part et d'autre de ce dernier étaient aménagées des boutiques restées en usage du Ier au Ve siècle, voire jusqu'au VIe ou VIIe siècle de notre ère pour certaines d'entre elles. Un sondage, réalisé à l'intérieur du marché inférieur en 1998, a révélé la présence d'un grand bassin au milieu duquel se dresse un petit pavillon. Plus loin vers l'est, sur la gauche de la voie en remontant, abrité par le seul arbre qui ait poussé dans cette partie du site, se trouve le nymphée, une fontaine publique de forme semi-circulaire assez mal conservée.

Du nymphée, on rejoint aisément la nécropole dite « royale » de Pétra. Elle s'étend au pied du jebel al-Khubthah, depuis le tombeau du gouverneur romain Sextius Florentinus, érigé entre 127 et 129 de notre ère, jusqu'au tombeau de `Uneishû, à l'extrémité sud du massif, ainsi dénommé car il a livré une épitaphe mentionnant `Uneishû, le ministre de la reine Shaqîlat, mère de Rabbel II et régente du royaume pendant la minorité de son fils, entre 70 et 75 de notre ère. Cette nécropole est qualifiée de « royale », car elle contient les tombeaux les plus grands et les plus élaborés de Pétra, mais aucun document, archéologique ou épigraphique, ne confirme véritablement cette hypothèse.

Le tombeau de Sextius Florentinus forme en quelque sorte la limite, le long de la falaise d'al-Khubthah, entre les secteurs habités et la zone réservée aux tombeaux (photo n° 12). En effet, au nord de ce monument, la falaise est occupée par des ensembles domestiques et cultuels. Le plus célèbre d'entre eux est celui dit « de Dorothéos », personnage qui a gravé deux fois son nom, en grec, sur la banquette de son *triclinium*. Composée de plusieurs chambres et salles de banquet aménagées sur trois niveaux de terrasse, sa maison fait partie des plus luxueuses de Pétra. Elle possédait sa propre citerne, alimentée par une prise d'eau directe sur le canal d'al-Khubthah (photo n° 21).

À l'extrémité nord de la falaise, un couloir naturel de plus en plus étroit, le Sidd al-Ma`jîn, mène à une rotonde sur le pourtour de laquelle sont taillées plusieurs dizaines de niches, toutes différentes. En hiver, les pluies s'engouffrent avec violence dans cet étroit goulet, emportant tout sur leur passage. Il est presque certain que les niches de ce sanctuaire – plus de cent – n'ont pas toutes été taillées en même temps, mais résultent de sa longue utilisation. Cela expliquerait que des niches aient été taillées dans le couloir d'accès et même au-delà de la rotonde, une fois

61. *Le tombeau de `Uneishû est le dernier de la nécropole d'al-Khubthah, à son extrémité sud. C'est un grand tombeau de type Hégra précédé d'une cour à portique. Un* triclinium* *(la porte surmontée d'une fenêtre à gauche du tombeau) lui est associé. Une inscription gravée sur une dalle de grès a été retrouvée à l'intérieur : « `Uneishû frère de Shaqîlat [...] reine des Nabatéens, fils de [...] ». Dans la titulature officielle nabatéenne, le « frère » du roi ou de la reine est son ministre.*

Double page précédente :
62. *Avec ses 46 m de haut et ses 49 m de large, le tombeau à Étages, ainsi dénommé car sa façade est composée de cinq registres superposés, est le plus grand de Pétra. Le contraste entre le caractère fruste de ses quatre chambres funéraires et le travail de la façade étonne. On le comprend mieux lorsque l'on sait que les tombeaux de Pétra étaient avant tout des signes extérieurs de richesse et que seule la partie visible comptait vraiment. À droite se dresse le tombeau Corinthien, plus petit et dont les proportions sont moins élégantes que celles de la Khazneh ou du Deir, dont il imite l'agencement dans sa partie supérieure.*

que l'espace disponible dans celle-ci eut été entièrement occupé. Le caractère sacré du lieu, peut-être lié aux impressionnantes crues hivernales, a attiré des individus désireux de faire acte de dévotion en taillant ou en faisant tailler, pour honorer leur(s) dieu(x), une niche dont la forme et les dimensions dépendaient sans doute de leurs goûts personnels et de leurs moyens. L'une des inscriptions associées à ce sanctuaire mentionne un desservant de la déesse al-`Uzzâ, tandis que l'auteur d'une autre demande à être « sain et sauf devant Dûsharâ et tous les dieux ».

63. *Le tombeau à l'Urne, précédé de sa terrasse à portique, a été transformé en église en 446 de notre ère par l'évêque Jason. Les chrétiens de Pétra n'étaient donc pas gênés par la présence des défunts inhumés dans les* loculi* *de la façade. Avec son fronton surmonté d'une urne – d'où son nom –, ce tombeau est de type hellénisant.*

Le second tombeau de la nécropole « royale », au sud de celui de Sextius, est le tombeau à Étages (photo nº 62, à gauche). Du fait de sa hauteur (46 m), la partie supérieure de la façade n'est pas rupestre mais construite à l'aide de blocs appareillés. Le registre inférieur est composé de douze supports verticaux, dont certains portent les éléments de quatre frontons alternativement semi-circulaires et triangulaires. Ceux-ci surmontent les portes donnant accès aux quatre chambres funéraires du tombeau. Le deuxième et le troisième registre présentent dix-huit supports verticaux, ceux du troisième étant des pilastres tronqués. Le quatrième et le cinquième sont mal conservés.

Moins haut (28 m), le tombeau Corinthien a beaucoup souffert de l'érosion et n'a pas été restauré (photo nº 62, à droite). Le registre inférieur présente huit supports verticaux surmontés de frontons, et le schéma général du registre supérieur est identique à celui de la Khazneh et du Deir : une *tholos* centrale flanquée de pavillons. Précédé d'une cour à portiques aménagée sur une substructure maçonnée, le tombeau dorique à l'Urne est très différent des deux précédents (photo nº 63). Sa façade est rythmée sur la majeure partie de sa hauteur par quatre supports verticaux qui supportent un entablement simple. Au-dessus, un registre de pilastres tronqués est surmonté d'un fronton triangulaire coiffé d'une urne. Dans chacune des trois baies ménagées entre les supports, en hauteur, est creusé un *loculus*. Celui du milieu est encore fermé par une dalle sculptée qui représente un buste masculin drapé dont la tête a été martelée. Une inscription grecque, peinte en rouge sur la paroi du fond de la chambre funéraire, rappelle que ce tombeau a été transformé en église par l'évêque Jason en 446 de notre ère. Les cavités destinées à recevoir les plaques de chancel, l'autel et autres installations propres à la liturgie chrétienne, attestent de sa transformation en église. Aujourd'hui encore, des touristes-pèlerins y chantent parfois des hymnes qui s'entendent à des dizaines de mètres à la ronde.

De même que la plupart des massifs entourant la ville basse, celui d'al-Khubthah possède son haut lieu composé de plusieurs cours à ciel ouvert, d'un *naos**, d'une salle de banquet et d'une citerne. Une voie processionnelle, entièrement restaurée en 1996 par le Service des antiquités de Pétra, permet d'y accéder. Elle démarre au niveau du tombeau de Sextius Florentinus, et de petits oratoires en ponctuent le tracé. L'un d'eux est une niche vide dans laquelle des bétyles portatifs étaient sans

64. *Le tombeau Bigarré, au sud du tombeau à l'Urne. C'est un simple tombeau de type Hégra qui doit son nom aux strates colorées du grès dans lequel il est taillé. Sa façade est rythmée par quatre demi-colonnes qui se poursuivent, dans l'attique*, par quatre pilastres* nains. Par ailleurs, une niche contenant un relief très érodé est taillée entre les demi-colonnes. Enfin, dispositif peu fréquent à Pétra, un* loculus* *est creusé au-dessus de la porte.*

doute placés les jours de cérémonie. Une inscription gravée à côté de la niche mentionne en effet les bétyles d'al-`Uzzâ et du Maître de la Maison, ce dernier étant un dieu masculin dont l'identité ne nous est pas révélée, peut-être un qualificatif de Dûsharâ.

Cette visite du site se termine par le théâtre, dont la construction, dans la première moitié du Ier siècle apr. J.-C., a entraîné la destruction de quelques tombeaux dont ne subsistent que des trous béants, derniers vestiges de la chambre funéraire qui s'ouvrait derrière la façade (photo nº 8). Presque entièrement taillée dans le rocher, la *cavea*,* divisée verticalement en six tranches, comprend quarante-cinq rangées de gradins répartis en trois groupes de onze, vingt-quatre et dix, sur lesquels pouvaient prendre place de 7 000 à 10 000 spectateurs. L'*orchestra** est également taillée dans le rocher, mais les entrées latérales permettant d'y accéder étaient recouvertes d'une voûte maçonnée. La scène et le front de scène, très largement restaurés, étaient, quant à eux, entièrement construits en blocs d'appareil.

On ne peut pas quitter Pétra sans faire une excursion au Sîq al-Bâred, le Sîq « froid » ou petit Pétra. Il se trouve à quelques kilomètres au nord de Pétra, au-delà du village des Bdûl. C'est un défilé ombragé de quelques centaines de mètres de long, lieu de villégiature particulièrement agréable en été, qui contient de nombreuses chambres, salles de banquet et citernes. Son monument le plus célèbre est le *biclinium** peint, dont les murs étaient recouverts de stucs. Le décor de la voûte de l'*arcosolium** qui occupe la paroi du fond est encore relativement visible malgré la suie due aux feux allumés à l'intérieur par ses occupants modernes. Parmi les motifs représentés, on relève de la vigne, des fleurs, des oiseaux et de petites figures animées.

Pétra compte, bien sûr, beaucoup plus de monuments que ceux qui ont été décrits au cours de cette visite du site. L'inventaire archéologique de la capitale nabatéenne, actuellement en cours d'achèvement, contient en effet plus de trois mille monuments, le plus petit étant un bétyle en relief de quelques centimètres de haut. Bien que tous participent à la formation de l'espace urbain de la capitale nabatéenne, ils ne présentent pas le même intérêt, et seuls les plus remarquables d'entre eux ont eu le privilège de faire l'objet d'une brève présentation.

L'ART ET L'ARTISANAT

Il est bien étrange que l'on ne trouve nulle part l'écho d'un émerveillement des Anciens devant Pétra, en dehors de deux témoignages de première main, la lettre de l'obscur soldat romain Apollinaris en 107 de notre ère et la chronique de Muhyî ad-Dîn ibn `Abd az-Zâhir relatant le voyage de Baïbars en 1276. Les deux grandes descriptions antiques, de Diodore et Strabon, sont somme toute assez convenues, mentionnant l'une une roche imprenable, l'autre de riches maisons en pierre et des villes sans remparts. Il est vrai que ces deux auteurs ne connaissaient pas Pétra *de visu*. Mais leur méconnaissance va plus loin, car, si l'on suit Strabon, on est surtout frappé, en fait d'artisanat et de production, par la liste de tout ce que les Nabatéens... ne font pas : il leur reconnaît certes une activité d'orfèvrerie (effectivement attestée par quelques beaux bijoux de petites dimensions) et d'argenterie (inconnue pour l'instant par l'archéologie), mais leur dénie l'artisanat du cuivre et du fer, la toreutique* (pourtant attestée par les représentations de canthares* et cratères métalliques dans les temples), la peinture et le moulage – or, nous leur connaissons une remarquable production de stucs peints.

Le travail de la roche et de la pierre

C'est, bien sûr, par la quantité et par la qualité de leur travail de taille de la roche que les Nabatéens ont le plus marqué l'histoire. En témoignent le prodigieux réseau de chemins, escaliers, canalisations et citernes

65. *Entrée de la chambre latérale sud, dans le vestibule prostyle de la Khazneh. La technique de taille de la pierre est ici à son sommet. Le décor appartient directement à l'architecture hellénistique tardive, par sa structure (à gauche, demi-pilastre* engagé et trois quarts de colonne formant l'angle avec la façade extérieure de la Khazneh ; œil-de-boeuf au-dessus de la porte) et par son détail (linteau à cartouche denticulé et à acrotères*).*

qu'ils aménagèrent à Pétra et dans ses faubourgs, les maisons rupestres, les tombeaux et sanctuaires. La conception d'ensemble de chacun de ces monuments témoigne d'une grande maîtrise, la finition en est impeccable : non seulement la perfection du décor excisé, comme au Deir ou à la Khazneh, mais aussi la qualité du ravalement des parois planes et des plafonds, dont la monotonie est très souvent rompue par un léger décor de fines stries obliques, à quarante-cinq degrés, parfaitement parallèles les unes aux autres. La technique de dégagement d'un monument sur une paroi rocheuse est bien connue, grâce au fameux tombeau inachevé de Pétra : le tiers supérieur d'une façade de tombeau, complètement sculpté, mais abandonné tel quel – on attaquait donc le travail par le haut et on l'exécutait intégralement, déblaiement, dégrossissage et finition, par tranches descendantes, cela pour éviter au maximum les échafaudages.

La main-d'œuvre, y compris spécialisée, de ces grands chantiers rupestres était locale : on le sait par les inscriptions d'une quinzaine de tombeaux de Hégra, qui portent les noms des sculpteurs, tous nabatéens. Il n'y a donc aucun besoin de supposer l'importation d'une main-d'œuvre qualifiée, alexandrine, par exemple. On voit mal, au demeurant, comment la plate Alexandrie aurait fourni à Pétra ou à Hégra des spécialistes de la taille des parois rocheuses.

Maîtres en architecture rupestre, les Nabatéens étaient moins à l'aise pour construire avec des pierres. La faiblesse structurelle des fondations de leurs maisons, insuffisantes, tenant mal compte de la direction de pentes souvent fortes, a été mise en évidence par plusieurs fouilles, à az-Zantûr et à Khirbet adh-Dharîh notamment. Il en résultait des effondrements fréquents. En architecture monumentale, les fondations sont plus conséquentes, mais les plans des grands ensembles manquent de régularité, sauf au temple Sud, et l'appareillage des constructions est de petit module, bien loin des grands appareils orthogonaux du monde grec ou mégalithiques du monde phénicien. Des aberrations dans la statique des monuments sont courantes, ainsi la façade du temple de Dharîh, où les éléments les plus lourds étaient placés en couronnement et en équilibre précaire. Les liaisons des murs aux angles étaient mal assurées. Les Nabatéens palliaient certaines de ces faiblesses par une utilisation régulière du bois dans la construction : assises de bois (peut-être à fonction antisismique), chaînages, grosses poutraisons (Qasr al-Bint). Cet usage

surprend dans un pays bien peu pourvu en bois : il est parfois interprété comme une influence yéménite. En tout cela, on le voit bien, aucune influence de la grande architecture du monde grec et romain.

Un « baroque arabe »

Le décor architectural comporte des éléments communs au monde sémitique – les merlons* en couronnement des monuments – et d'autres empruntés à l'architecture égyptienne – la corniche concave en gorge égyptienne*, caractéristique des tombeaux de type Hégra. Mais on y trouve aussi des éléments propres aux Nabatéens : le plus marquant est le chapiteau nabatéen, dont l'exemple de plus grande dimension est celui qui porte l'urne du Deir. Ce chapiteau sobre, peu orné, aux arêtes vives, peut être décrit comme une sorte de chapiteau corinthien qui ne serait qu'ébauché, dont les volutes seraient remplacées par des « cornes » fortement marquées se terminant par une section carrée, aussi l'appelle-t-on souvent chapiteau à cornes. Sous chaque corne, une feuille ou double feuille à l'extrémité arrondie est parfois ébauchée. On se perd en conjectures sur l'origine de ce chapiteau. Toujours est-il qu'il caractérise fortement le décor nabatéen : il prédomine du Iᵉʳ siècle av. J.-C. au IIᵉ siècle apr. J.-C., sans exclure les chapiteaux corinthiens ou doriques, et il est répandu dans toute l'aire nabatéenne, aussi bien dans l'architecture rupestre que dans l'architecture construite. Inversement, on le trouve peu en dehors du monde nabatéen : les exemples connus à Chypre – à Kourion et Amathonte – sont énigmatiques.

66. *Une combinaison très classique dans le décor architectural nabatéen : demi-colonne-pilastre*, chapiteau à corne, architrave et frise doriques*, la frise avec des triglyphes et un simple disque en guise de métope.*

67. *Les monuments de culte nabatéens abondent en éléments de décor sculptés de taille moyenne, placés dans des cadres en rangées verticales ou horizontales, et figurant des têtes ou des bustes de divinités, vus de face, intégrés souvent dans des rinceaux. La chevelure éparse, rayonnante, fait le tour de la tête. Il pourrait s'agir ici d'une tête de Méduse, une représentation fréquente à Pétra et en Nabatène.*

68. Relief monumental figurant un Éros ailé entre des lions affrontés. Les têtes ont été martelées par des iconoclastes dans l'Antiquité tardive. Le style est nettement hellénistique, avec un souci de réalisme, malgré une exécution fruste.

Pour le reste du décor, en particulier l'agencement des façades les plus célèbres de Pétra, on postule souvent l'intervention de maîtres hellénistiques, alexandrins par exemple. C'est possible ponctuellement, mais il vaut mieux considérer en général le décor nabatéen comme une *contribution originale* – une combinaison étonnante – à l'art hellénistique et impérial romain :

69. À l'opposé, ces Dioscures ornant le faîte de la façade du temple de Khirbet adh-Dharîh (vers 100-150 de notre ère), au nord de Pétra, sont traités dans un style local : représentation de front, bouche étroite, grands yeux en amande, boucles très stylisées pour la chevelure.

■ Un substrat que l'on vient de voir : de grandes surfaces planes, ces merlons, des tores*, des gorges égyptiennes, des chapiteaux nabatéens.

■ Une surabondance de motifs décoratifs, souvent de petite taille, d'inspiration grecque (rinceaux de vigne, grecques*, foudres*), disposés fréquemment dans des cadres regroupés en panneaux, et de reliefs figurant hommes et dieux. Or, sur ces derniers, si les éléments sont souvent grecs (les attributs des divinités, par exemple), les grandes lignes ne le sont pas : la représentation est systématiquement frontale, figée, les yeux sont surdimensionnés, les proportions réelles ne sont pas respectées. La statuaire des temples de Tannûr et Dharîh, peut-être influencée par l'art parthe, est particulièrement typique de cette combinaison. La Khazneh, au décor beaucoup plus hellénisé, reste un monument exceptionnel à Pétra.

■ Une tendance à l'empilement architectonique et à la surabondance du décor : l'usage des colonnes, frontons, entablements*, encore à peu près canonique à la Khazneh, est ailleurs abusif, architectoniquement inutile. Empilement des étages (fictifs, pour les façades de tombeaux), comme au « tombeau à Étages » d'al-Khubthah, empilement des

entablements : sur les tombeaux de type Hégra, on observe ainsi le redoublement de l'ensemble architrave-frise-corniche. La surabondance du décor – colonnes, niches, frontons, panneaux décoratifs – s'observe à l'intérieur du *triclinium** du soldat romain ou sur les murs extérieurs des temples de Dharîh et Tannûr.

On pourrait dire ainsi qu'en dehors de certaines zones ou surfaces vides, mises en valeur par leur nudité même, l'art nabatéen a horreur du vide. On le qualifie donc souvent, à bon escient, de « baroque arabe ». La profusion d'un décor charmant et anecdotique – comme les chapiteaux à tête d'éléphant du temple Sud – ne saute pourtant pas partout aux yeux : c'est qu'au décor sculpté, toujours lisible, il faut ajouter un décor peint ou stuqué, le plus souvent disparu. Les Nabatéens, grands stucateurs, recouraient massivement aux enduits à base de chaux, peints et parfois figurant une architecture postiche ou en relief. On peut l'observer, toujours *in situ,* sur les parois du Qasr al-Bint (en relief), au *biclinium* peint du Sîq al-Bâred (un gracieux décor de rinceaux) ou dans une maison rupestre du wadi* as-Siyyagh (une haute plinthe, alternant le rouge et le jaune, représenterait des baies, photo n° 33). Un ensemble de peintures à motifs architecturaux en trompe l'œil a été découvert à la fin des années 1990 dans la maison IV d'az-Zantûr. Dans la *cella** et les pièces annexes du temple de Dharîh, les stucs sont non seulement peints, mais moulurés, en fort relief. Tout cet art du stuc, d'exécution locale sans doute et qui dément l'assertion de Strabon selon laquelle les Nabatéens ignoraient la peinture, appartient à un vocabulaire hellénistique très conventionnel : on le rattache aisément aux « styles pompéiens » successifs.

70. *On retrouve la représentation frontale et un peu schématique avec ce relief figurant une divinité masculine à demi drapée, barbue, moustachue, aux longs cheveux bouclés et aux traits fortement accusés. Il pourrait s'agir d'une figuration de Dûsharâ. Ce style artistique est commun à Pétra, à Khirbet at-Tannûr, et jusque dans la région de Bosra et Suweidâ' à l'extrême nord de la Nabatène.*

Une poterie sans équivalent

Nous ne retiendrons de l'artisanat que la production la plus abondante et la plus originale : la céramique. Non les ex-voto en terre cuite (voir p. 127), assez communs dans les villes de l'Orient hellénistique et

71. Un échantillon de la poterie de luxe nabatéenne. De gauche à droite, une coupe au décor peint à l'intérieur, un gobelet à piédouche et anse torsadée, une anse de grande cruche ou petite amphore, à décor imprimé en creux. Très originale – notamment les productions au décor peint, surtout floral – la céramique des Nabatéens est aisément reconnaissable et son aire de diffusion est généralement retenue comme celle de l'extension de la civilisation nabatéenne.*

romain, mais la vaisselle. Une abondante poterie commune – bols et assiettes, marmites, cruches, amphores, jarres – était évidemment produite autour de Pétra. De même, une poterie de qualité (cruches, flacons, *unguentaria**, balsamaires*), fine, à engobe* rouge brillant, souvent décorée d'un léger décor incisé à la roulette : une production sans doute inspirée des sigillées* hellénistiques tardives et romaines. Celles-ci étaient en outre importées à Pétra. Jusque-là, rien que de très ordinaire.

Mais les Nabatéens ont produit aussi, et massivement, une autre catégorie de vaisselle fine : une poterie parfaitement cuite et à l'argile très épurée, aux formes très calibrées. La pâte, beige, rose ou orangée, est couverte d'un engobe* évoluant dans les mêmes teintes, et d'un décor peint, rose ou rouge à brun. Les formes sont nombreuses, toutes sortes de petits vases, mais celle qui prédomine très largement est une grande coupelle sans pied ni anse, en forme de calotte hémisphérique, tenant parfaitement dans la paume ouverte. À quoi servait cet objet, de forme simple mais peu usuelle ? On serait tenté de le comprendre comme une phiale* à libations* – donc d'usage cultuel – conçue en quelque sorte pour porter des liquides en offrande, ou porter des toasts. Mais on le retrouve en telle quantité et dans des contextes si divers que cette interprétation est sans doute trop limitée : on peut penser à une évolution profane d'objets initialement rituels.

Le décor peint de ces poteries a évolué dans le temps, mais il présente des constantes remarquables : il ne s'agit presque jamais de

personnages ou d'animaux, mais presque toujours d'un petit nombre d'éléments végétaux combinés, représentés de façon conventionnelle, quasi abstraite : des palmes, des grappes de raisin triangulaires, plus rarement des grenades, des paires de triangles contigus par un sommet, parfois de longs épis renflés. Ce décor stéréotypé nous ramène-t-il au caractère « aniconique » ou iconophobe de la mentalité nabatéenne, étudié à propos de la religion ? A-t-il une signification symbolique ? C'est probable : les mêmes éléments décoratifs se retrouvent sur les objets de culte qu'envoya, selon Flavius Josèphe, le roi d'Égypte Ptolémée Philadelphe au grand prêtre Éléazar à Jérusalem, au IIIe siècle av. J.-C. La palme est symbole de bonheur, la grenade symbole d'abondance et parfois d'immortalité – car ses grains sont imputrescibles –, l'épi symbole de fertilité, le raisin peut évoquer le vin des libations ; les triangles restent obscurs...

Une telle production est totalement originale, propre aux Nabatéens : elle n'a aucun rapport avec les poteries de luxe connues ailleurs aux mêmes époques – sauf quelques imitations repérées à Jérusalem. Elle n'était guère vendue hors du monde nabatéen, sauf une petite diffusion sur la route du Yémen : on la trouve, par exemple, à Qaryat al-Faw, dans le sud-ouest de la péninsule Arabique.

Cette poterie à décor peint est surabondante à Pétra et en Nabatène : le visiteur en trouve sans peine des dizaines de tessons sous ses pieds. Elle était produite dans les faubourgs est de Pétra, dans les fours de potiers qui ont été fouillés à Zorrâbeh, du Ier siècle av. J.-C. au VIe siècle apr. J.-C., avec un apogée aux Ier et IIe siècles ; mais aussi à Éboda dans le Néguev, et peut-être à Bosra. La zone de diffusion correspond de façon extraordinairement stricte aux territoires que contrôlèrent les Nabatéens : on en trouve en abondance à Gaza, qui fut parfois nabatéenne, mais non à Ascalon, que les Nabatéens ne possédèrent point ; à Bosra et Suweidâ' dans le Sud syrien, mais non à Sia, à peine plus au nord.

L'art nabatéen n'est donc pas un pot-pourri d'influences qui se retrouveraient un peu partout ailleurs. C'est une combinaison originale et fortement typée, dont l'aire de diffusion a des contours bien définis, qui correspondent à une véritable civilisation : celle-ci a créé des formes originales, en a adopté d'autres – qui ne sont pas seulement gréco-romaines –, suivant tantôt la pente d'un aniconisme austère, tantôt celle d'une exubérance baroque.

72. Figurine en terre cuite provenant de Pétra. Elle représente un groupe de trois musiciens : un homme encadré de deux femmes, assis sur une banquette, les pieds posés sur des sortes de coussins. La femme de gauche joue de la lyre et celle de droite d'un instrument à cordes indéterminé tandis que l'homme joue de la double flûte. Les deux femmes portent un voile sur la tête et sont vêtues d'une tunique à col en V bordé d'une ganse. L'homme a quant à lui les cheveux attachés par un bandeau et porte une robe terminée par un galon torsadé. Il s'agit très vraisemblablement d'une représentation des musiciens qui animaient les thiases, ces confréries qui se réunissaient dans les salles de banquet de Pétra pour honorer les dieux ou les rois divinisés et dont le géographe Strabon mentionne l'existence dans sa description des Nabatéens (XVI.4.26).

ÉCONOMIE ET SOCIÉTÉ

Pétra, capitale caravanière

À Palmyre, le dromadaire est largement représenté, dans les tombeaux et au temple de Bêl. À Pétra, il est peu présent dans le décor rupestre : on ne peut guère citer que le « relief aux Chameaux » du Deir et le relief découvert en 1997 sur la paroi gauche du Sîq, figurant deux dromadaires plus grands que nature, conduits chacun par un chamelier (photo n° 74) ainsi que deux autres un peu plus loin. Il est quasi absent du décor architectural, peint ou stuqué des monuments et des habitations, comme du décor peint de la céramique de luxe nabatéenne. En revanche, il est très présent sur d'autres supports, ce qui témoigne de l'importance de l'économie caravanière chez les Nabatéens, sinon de ses conséquences dans la vie de tous les jours. Sur les deux ensembles de monnaies romaines relatives aux Nabatéens, le dromadaire apparaît comme symbole de l'Arabie Pétrée : sur les deniers frappés à Rome en 58 av. J.-C. par Scaurus, lieutenant de Pompée, pour commémorer ses succès sur les Nabatéens ; sur les monnaies émises en 111 pour célébrer l'annexion de 106 apr. J.-C. Les figurines votives en terre cuite trouvées à Pétra et en Nabatène représentent souvent des dromadaires sellés et harnachés. Dans le matériel funéraire, la décoration des fragments de linceuls de cuir récemment exhumés dans une tombe du dernier siècle de l'indépendance nabatéenne ou du début de l'époque romaine à Khirbet adh-Dharîh figure notamment un dromadaire. Plus couramment, on retrouve l'animal sur nombre de graffiti rupestres, en des lieux supposés être des

73. *Ce tombeau de type Hégra illustre bien comment le substrat arabe du décor architectural nabatéen – de grandes surfaces planes ornées de merlons* et de chapiteaux à cornes non ornés – est animé par des éléments de décor hellénistique, ici peu envahissant encore : encadrement des portes avec frontons, pilastres* tronqués, boucliers et masques sur l'attique*.*

74. Deux des quatre dromadaires, accompagnés de leurs chameliers, plus grands que nature, taillés dans la paroi rocheuse de la rive gauche du Sîq, peu avant d'arriver à la Khazneh. On voit bien le premier chamelier, vêtu d'une tunique mi-longue et tenant un long bâton. L'interprétation de cette série : procession, symbole des caravanes (mais l'animal ne semble pas chargé), délégation des panégyriarques d'Adraa dont les niches sont taillées quelques mètres en amont, n'est pas certaine.

haltes caravanières, un peu partout dans la steppe et le long des wadis* de la Nabatène : ainsi au wadi Ghuweir, une vingtaine de kilomètres au nord de Pétra, des graffiti nabatéens, grecs et bilingues sont-ils associés à des dessins de chameaux montés, accompagnés de béliers à grandes cornes et de chevaux. En d'autres lieux, on voit sur les graffiti le chamelier guidant son dromadaire.

Cette halte caravanière du wadi Ghuweir, précisément, est intéressante par son emplacement : elle est dans un fond de vallée et non sur un plateau – il y a lieu de penser que les pistes caravanières suivaient autant que possible les wadis ou les lignes de points d'eau ; elle n'est pas sur la voie *(Via nova traiana)* que Rome mit en place à partir de 107 apr. J.-C. pour relier la mer Rouge, *via* Pétra, à la Palestine ou à Bosra, en passant cette fois par les surfaces des plateaux, mais elle se trouve à 5 km à l'écart de cette voie romaine. Autre exemple de même nature, à une centaine de kilomètres au nord de Pétra : au sud du grand wadi al-Hasâ, l'itinéraire nabatéen majeur de Pétra vers Madabâ et Amman passait à l'évidence dans la large vallée du wadi La`ban, à proximité des grands sanctuaires* de Khirbet adh-Dharîh et Khirbet at-Tannûr et à travers des zones densément habitées ; à la même latitude, la voie romaine passera plusieurs kilomètres plus à l'est, déjà dans la steppe, sur les hauteurs du plateau. Ces exemples montrent, parmi d'autres, que l'on ne peut s'appuyer sur les tracés, bien connus, des voies romaines pour reconstituer les pistes caravanières nabatéennes. Les objectifs ne sont pas les mêmes : plus commerciaux dans le royaume nabatéen, plus militaires et administratifs dans la province romaine. Les moyens de transport diffèrent également : dromadaires (et ânes en milieu non désertique) sur les pistes, chariots sur les voies romaines. On en déduit sans peine, au passage, que les voies romaines et le charroi n'ont pas supprimé les itinéraires nabatéens traditionnels : ceux-ci ont continué de vivre après le début du IIe siècle, ne serait-ce que parce que les dromadaires se seraient meurtris en marchant sur les pavés des voies romaines.

Ces quelques jalons biens concrets posés, reconnaissons qu'il est difficile d'être fort précis sur Pétra, capitale caravanière, quoi que l'on puisse lire dans bien des guides et des ouvrages de savants. Tâchons seulement d'éviter le lieu commun et l'assertion vague. Le lieu commun : « Pétra, ville caravanière » ? Comparons-la à une autre ville caravanière majeure de l'Orient hellénistique et romain : Palmyre. Un géographe dira sans mal que Palmyre présente une situation caravanière idéale : une excellente oasis, abondamment pourvue en eau, en pleine steppe, à mi-chemin de la Méditerranée et de l'Euphrate, en un site assez plan, aux accès faciles. À Palmyre, les attestations de la vie caravanière, des chefs de caravanes, abondent dans l'épigraphie et dans la sculpture, et l'archéologie, semble-t-il, est en train de redécouvrir les caravansérails à l'extérieur de la ville. Rien de tel à Pétra : le passage d'itinéraires caravaniers commerciaux majeurs par cette région précise ne s'impose pas, les accès à la ville et à sa périphérie sont malaisés, rocheux, en pente extrêmement forte. Les communications vers l'ouest, vers la dépression du

75. *Deux façades de tombeaux, au débouché ouest du Sîq. Par leur développement vertical, ils évoquent l'un et l'autre des tombeaux-tours, dans l'esprit de ceux de Palmyre, et pourraient même faire penser à l'architecture, tout en hauteur, du Yémen, l'Arabie heureuse des Anciens. Pétra appartient culturellement avant tout à cette vaste zone arabe qui s'étend des confins de la Mésopotamie au sud de la péninsule arabe.*

wadi `Arabah, près de 1 000 m plus bas, sont extraordinairement difficiles, et les ressources permanentes en eau, modestes. Immédiatement à l'ouest du centre-ville, un ensemble de massifs rocheux (al-Habîs, Umm al-Biyârah) bloque toute circulation directe.

Il est donc évident qu'à ses origines, Pétra ne s'est pas développée en raison des facilités qu'elle offrait aux caravanes, mais à cause de son caractère de refuge : ses buttes-plateaux naturellement fortifiées, comme Umm al-Biyârah, et ses accès de contrôle facile. C'est bien ce qu'en dit Diodore de Sicile. On serait bien en peine, en outre, de reconnaître dans les vestiges bâtis, dans l'iconographie et les inscriptions de Pétra des traces prégnantes de la vie caravanière. Les caravansérails ne sont pas identifiés – sauf peut-être un seul, au wadi al-Amtî, près de Beidâ –, encore moins fouillés. Aucun dieu spécifique des caravanes ou des caravaniers n'est connu, à la différence de l'Arsou palmyrénien. Les figurines votives de dromadaires en terre cuite, moins nombreuses au demeurant que celles qui représentent des chevaux, les montrent harnachés pour le combat : selle de guerrier, épée courte, bouclier, non chargés de marchandises. Les méharistes qui les montaient étaient-ils nécessairement des accompagnateurs de caravanes, comme on le lit partout, ou des militaires ? On ne sait : les inscriptions de Pétra et de la Nabatène sont des plus discrètes sur les caravanes. Nous disposons, en tout et pour tout, de quelques mentions de chameliers.

Les « épices » : n'allons pas contre l'évidence, Pétra était la capitale d'une civilisation et d'un royaume dont l'activité la plus lucrative, au moins jusqu'au milieu du Ier siècle apr. J.-C., fut caravanière. On ne conçoit pas que l'extraordinaire richesse dont témoignent les monuments de Pétra ou Hégra entre 100 av. J.-C. et 150 apr. J.-C. fût fondée seulement sur les ressources propres de l'Arabie Pétrée. En 107 apr. J.-C., juste après l'annexion romaine, la lettre qu'écrit le soldat Apollinaris manifeste son étonnement devant les richesses qui s'échangent dans la ville. Les deux grands textes antiques sur les Nabatéens, celui de Diodore évoquant la fin du IVe siècle av. J.-C. et celui de Strabon au tournant de l'ère chrétienne, sont plus explicites et permettent, avec d'autres documents, d'évoquer les denrées du commerce nabatéen.

Strabon énumère ce que les Nabatéens ne produisent, n'élèvent ou n'exploitent pas : l'huile d'olive – remplacée, dit-il, par l'huile de

sésame –, les chevaux, le cuivre, le fer, mais cette liste peut être partiellement révoquée en doute : des pressoirs à olives ont été fouillés dans le monde nabatéen ; la monte, au moins militaire, du cheval parmi les Nabatéens est bien attestée par les inscriptions et par les ex-voto en terre cuite. On doit donc penser que l'élevage des chevaux existait bel et bien, non pas seulement celui des vaches, des moutons et des chèvres, que Strabon signale bien ; des mines de cuivre, enfin, étaient en pleine activité à Punon (Feinan), non loin au nord-ouest de Pétra, à l'âge du fer et à l'époque romaine, et il est douteux que les Nabatéens ne les aient pas exploitées. Cela reste banal. En revanche, les Nabatéens disposaient chez eux, pour l'exportation, de produits plus particuliers. L'huile de sésame, notée par Strabon, fut exportée largement en Méditerranée du Sud-Est à partir du port de Gaza jusqu'aux IVe-VIe siècles apr. J.-C., comme en témoigne l'analyse du contenu de certaines amphores dites « de Gaza ». L'asphalte, collecté périodiquement et après les secousses sismiques sur la mer Morte, essentiel pour la construction navale, et les baumes tirés de divers arbustes, importants en médecine, étaient, d'après Diodore, deux produits majeurs dont disposaient les Nabatéens, qui certainement les exportaient. De même pour les dattes, mentionnées par les auteurs anciens, qui étaient aussi, d'après les archives de Babatha, la production principale des villages au sud-est de la mer Morte.

Il ne faut donc pas réduire le grand commerce de Pétra à l'activité d'importation et de réexportation de produits de luxe, donc coûteux, légers et transportables à longue distance. Mais c'est bien cette dernière activité qui comptait, et probablement rapportait, le plus, en raison de la forte demande méditerranéenne de ces produits orientaux : les « aromates ». Diodore, Strabon, Pline l'Ancien et le *Périple de la mer Érythrée*, itinéraire maritime romain en mer Rouge et dans l'océan Indien, écrit par un Grec d'Égypte au milieu du Ier siècle apr. J.-C., concordent tout à fait là-dessus. Parmi ces aromates, il faut distinguer, d'une part, les produits des hautes terres de l'actuel Yémen, singulièrement le Hadramawt, et de la Somalie, d'autre part, ceux de l'Inde et de l'Extrême-Orient. Les premiers étaient principalement l'encens et la myrrhe, mentionnés partout, d'usage religieux mais aussi médicinal pour la myrrhe. Il faut ajouter, entre autres, l'aloès et divers types de gommes, dont le *labdanum,* une gomme-résine dont la plante, appelée « barbe de chèvre », s'accroche aux poils des chèvres et se récolte par peignage. Il est probable que les

marchandises transportées *via* Pétra n'étaient pas seulement ces matières premières mais aussi les parfums confectionnés au Yémen, tandis que d'autres étaient peut-être fabriquées à Pétra même : les *unguentaria** nabatéens, très abondants à partir du Ier siècle av. J.-C., en témoigneraient. Le reste des produits ne faisait que transiter par les ports de l'Arabie du Sud ou du golfe Persique et venait de beaucoup plus loin : les épices d'Inde ou de Ceylan – poivre long, cannelle et cinnamome (ce dernier, extrêmement rare, se vendait à Rome 1 500 deniers la livre, une somme énorme) –, ivoire, lapis-lazuli du Pamir, nard du Cachemire, coton, soie de Chine. Ces derniers produits ne sont mentionnés que par le *Périple de la mer Érythrée*, et l'on n'a pas de témoignages sûrs pour affirmer que les Nabatéens les aient transportés auparavant.

C'est par le même document que l'on connaît les produits convoyés en sens inverse, de la Méditerranée vers l'est : huile d'olive, vin, vêtements de luxe, verre en lingots et vaisselle de verre, métaux (cuivre, fer, plomb, étain). La quantité extraordinaire de monnaies romaines découvertes à Ceylan, l'ancienne Taprobanê, témoigne de l'importance de ce commerce.

Il est certain que Pétra, la capitale, ne pouvait être étrangère à ce commerce nabatéen, malgré le peu de loquacité à ce sujet des données archéologiques et épigraphiques et la position très peu favorable de la ville pour une activité caravanière. En dépit du relief torturé et de dénivelées presque infranchissables, il faut bien admettre que les Nabatéens ont trouvé, autour de Pétra, des pistes pour faire passer leurs caravanes dans le sens est-ouest, l'itinéraire nord-sud par la bordure ouest du plateau transjordanien ne posant pas autant de difficultés. Le problème, au demeurant, pour traverser d'est en ouest le grand abrupt descendant vers le wadi `Arabah et la mer Morte, aurait été aussi ardu n'importe où entre la mer Morte et le golfe d'Aqaba : même les grands wadis est-ouest (wadi al-Hasâ et wadi Mûjib) n'offraient nullement des itinéraires faciles, contrairement à ce que l'on voit parfois sur les cartes modernes des routes caravanières nabatéennes.

Dans le « grand Pétra » même, les circulations sont relativement bien connues : elles peuvent être déduites de la localisation des principaux faubourgs (Sabrâ, Abû Khusheibeh, Beidâ, Sîq al-Bâred, Qasr Amm Rattâm, Naqb ar-Rbâ`î, Sleisel, Umm al-`Aldah et Ba`jâ) et des rares iti-

néraires physiquement possibles : l'agglomération apparaît ainsi surtout traversée par un axe nord-nord-est/sud-sud-ouest reliant Ba`jâ, Beidâ, Pétra et Sabrâ (15 km en tout). Point n'est besoin d'imaginer de véritables caravanes pour cette circulation interne, mais celle-ci (où le Sîq, bien connu des visiteurs, ne jouait qu'un rôle tout à fait secondaire sur le plan économique) s'intégrait dans des itinéraires à plus longue distance.

Vers l'ouest, le problème posé par la traversée de l'abrupt vers le wadi `Arabah était résolu principalement par deux pistes : l'une, vers le sud-ouest, suivait le wadi Thughrah, laissait au nord la montagne d'Aaron, passait par Abû Khusheibeh, plongeait dans le wadi `Arabah et, de là, par Gypsaria, piquait vers l'ouest à travers le sud du Néguev, puis le Sinaï central, en direction de Clysma (Suez) ; l'autre, vers le sud-sud-ouest, quittait Pétra par Sabrâ pour probablement suivre ensuite le wadi `Arabah jusqu'au golfe d'Aqaba. En revanche, le passage des caravanes vers les villes-étapes du Néguev-Nord ne pouvait guère se faire en prenant de Beidâ directement à l'ouest par Sleisel et Qasr Amm Rattâm : l'abrupt joliment dénommé « saut de Sleisel » était de nature à décourager ce genre d'aventure. Sans doute fallait-il faire un long détour par le nord, en remontant peut-être jusqu'à la latitude du sud de la mer Morte. Ensuite, trois grands itinéraires traversaient le nord du Néguev : le principal, repris à l'époque romaine par une route, joignait Éboda au port majeur qu'était Gaza, en passant par Élusa. Un autre s'en détachait vers l'ouest à Éboda, pour aller par Nessana vers les ports de Rhinocolure (nord du Sinaï) et Péluse. Enfin, par Mampsis, une voie menait, vers le nord, à la Palestine centrale : Jéricho, selon Strabon, était à trois jours de Pétra.

76. *Le théâtre de Sabrâ, gravure de Laborde et Linant en 1828. Sabrâ était un faubourg de Pétra sur la route en direction d'Aila et de la mer Rouge. On y trouve ce petit théâtre de quelques centaines de places, et deux temples. Les faubourgs de Pétra ont probablement joué un rôle important dans le transit caravanier.*

En direction du nord, les caravanes n'avaient à affronter ni les rigueurs du désert ni un relief tourmenté, la seule difficulté étant la traversée des canyons que forment les wadis al-Hasâ et Mûjib. L'itinéraire nabatéen principal devait suivre peu ou prou l'immémoriale « route des Rois », c'est-à-dire le rebord occidental du plateau transjordanien. Cette

hypothèse est corroborée par les concentrations de graffiti de chameliers et par la présence de ces bourgades-étapes nabatéennes qu'étaient très probablement Khirbet adh-Dharîh, Dhât Râs, Qasr Rabbah, Dhîbân et Madabâ. De Madabâ, un itinéraire, resté majeur à l'époque romaine, pouvait rejoindre la Palestine du Nord par les villes de la Décapole* – Amman, Gérasa, Pella et Scythopolis – et un autre, vers le nord-est, à l'intérieur de la zone d'influence nabatéenne, gagnait Bosra et, de là, la Syrie intérieure.

Vers l'est et le sud-est, en revanche, quelques milles après la sortie de Pétra, c'était la longue traversée du désert, dont la maîtrise a assuré aux Nabatéens pendant quelques siècles – jusqu'au Ier siècle av. J.-C. – une sorte de monopole du commerce à longue distance entre Méditerranée et océan Indien. Un tronçon commun menait en 500 km jusqu'à Hégra et Al-`Ulâ, aux confins méridionaux du royaume. De là, une courte bretelle permettait de rejoindre sur la mer Rouge le port de Leukè Kômè (sans doute al-Wajh, sur la côte ouest de l'actuelle Arabie Saoudite), mais surtout deux longues voies se prolongeaient à travers le désert : l'une, par l'Arabie centrale, gagnait en plus de 1 000 km le port de Gerrha (près de Dharân) sur le golfe Arabo-persique ; l'autre, par l'ouest de la péninsule Arabique, en 1 500 km conduisait par Najrân à l'Arabie heureuse (le Yémen), particulièrement à Tamna`, capitale du royaume de Qatabân, centre incontournable – comme le souligne Pline l'Ancien au Ier siècle apr. J.-C. – du commerce de l'encens et de la myrrhe.

Ces deux derniers trajets majeurs étaient évidemment longs et épuisants ; de plus, Rome, dès qu'elle acheva de contrôler la Méditerranée orientale à la fin du Ier siècle av. J.-C., n'avait aucun intérêt à en laisser le monopole de fait aux Nabatéens. En ce qui concerne la route de l'océan Indien par la mer Rouge, une première tentative romaine d'en prendre connaissance, et probablement le contrôle, par la même voie que les Nabatéens, c'est-à-dire la côte ouest de l'Arabie, eut lieu dès 25 av. J.-C. : ce fut la fameuse expédition maritime et terrestre d'Aelius Gallus vers l'Arabie heureuse. Guidée par les Nabatéens, trahie – *dixit* Strabon – par leur ministre Syllaios, elle fut un échec calamiteux, sauf sur le plan du renseignement. Rome ne tarda guère, en effet, à se rendre compte, avec le soutien des négociants grecs d'Égypte, qu'il était préférable d'utiliser en Égypte la voie fluviale du Nil et en mer Rouge un itinéraire maritime, que ce fût pour rejoindre le Qatabân ou pour se diriger vers l'Inde. Aussi, au

milieu du Ier siècle de notre ère déjà, l'itinéraire connu sous le nom de *Périple de la mer Érythrée* montre-t-il un transit bien établi entre Myos Hormos et Berenikè, ports de la côte est de l'Égypte, le détroit de Bâb al-Mandeb, les ports de la côte sud de l'Arabie et ceux de l'Inde. Les Nabatéens n'ont pas laissé le souvenir de grands marins (en ce domaine, on ne connaît que leur activité de pirates en mer Rouge et leur habileté à naviguer en radeaux sur la mer Morte !) : ils eurent beaucoup à perdre de ce début de mondialisation du commerce maritime.

La route caravanière Gaza-Pétra-Gerrha n'eut probablement pas à subir une concurrence aussi politiquement organisée. Mais l'émergence de Palmyre, dès le début du Ier siècle apr. J.-C., comme plaque tournante d'un commerce du Nord entre les ports de la côte levantine, le Moyen-Euphrate et de là le golfe Arabo-persique par la voie fluviale de l'Euphrate, cantonna progressivement la route nabatéenne dans un rôle annexe et, avec le déclin de la route nabatéenne du Yémen, condamna Pétra en tant que capitale caravanière du Proche-Orient.

Au demeurant, les Pétréens, et plus largement les Nabatéens, ne semblent pas avoir cherché à tirer profit de leur activité caravanière à travers l'Arabie, le Néguev et le Sinaï pour implanter des comptoirs loin de leurs bases. Certes, les Nabatéens sont bien attestés dans la partie orientale du delta du Nil, où existait au moins un temple de Dusarès, à Daphné. Un cavalier nabatéen est connu à Palmyre, au IIe siècle apr. J.-C., mais on n'a pas trace de Nabatéens installés dans l'Empire parthe ni sur les côtes de l'océan Indien. En Méditerranée, en dehors du tronçon de côte qui va de Gaza à Péluse, les témoignages sont plutôt rares : des chapiteaux de type nabatéen à Kourion et Amathonte, à Chypre ; quelques inscriptions nabatéennes à Sidon, Milet, Cos, Délos, Tinos, Athènes (où un Pétréen enseigna la rhétorique), à Pouzzoles, où deux textes nabatéens et un autre latin commémorent la fondation d'un sanctuaire à Dusarès et la consécration de deux ex-voto de dromadaires à ce dieu ; enfin à Rome, où trois inscriptions seulement mentionnent des Nabatéens. Quant aux monnaies nabatéennes, on ne les trouve guère en dehors du sud du Levant, et le seul lot un peu significatif trouvé ailleurs l'a été à Antioche. Cela fait peu pour imaginer que les Nabatéens aient eu un rôle commercial significatif en Méditerranée, rôle qui fut, en revanche, celui des Syriens.

Ces remarques nous amènent à la même conclusion nuancée que celle que nous faisions sur la ville même de Pétra. Pétra, capitale caravanière ? Oui, mais dans les limites du sud du Levant et de la péninsule Arabique, et ne la réduisons pas à cela : c'était aussi la capitale d'un royaume militaire, agricole et d'éleveurs. Ce fut le cas plus encore à partir du Ier siècle apr. J.-C. : les archives de Babatha au tournant des Ier et IIe siècles, les papyrus de Pétra au VIe siècle, ne soufflent mot des caravanes ni du grand commerce. Les problèmes y sont fonciers, l'économie y est agricole. La comparaison avec Palmyre nous a montré que la ville de Pétra semblait étrangement peu marquée par les caravanes et combien l'imaginaire collectif des Nabatéens – les représentations sociales, religieuses et artistiques – était, somme toute, peu tourné vers les chameaux et les chameliers !

Institutions et société

Dans l'étude d'une civilisation, les problèmes de société sont à la fois les plus passionnants et les plus difficiles à appréhender en raison du manque de sources d'information. Les Nabatéens n'échappent pas à la règle. Les documents écrits qu'ils nous ont transmis sont, pour l'essentiel, des inscriptions gravées sur la pierre parmi lesquelles figure proportionnellement un petit nombre d'épitaphes et de dédicaces, l'écrasante majorité des textes étant de simples graffiti contenant la signature et les souhaits de salut de leurs auteurs. Parallèlement, on compte un petit nombre de textes sur papyrus, retrouvés en 1961 sur la rive ouest de la mer Morte, dans la grotte dite « aux lettres ». Il s'agit d'archives privées – contrats relatifs au gain, à la cession ou à la gestion de propriétés dont certains sont datés du règne de Rabbel II – appartenant à une femme juive dénommée Babatha, dont la famille possédait à l'origine des terres en territoire nabatéen. Il faut ajouter à cette liste quelques *ostraca* peu informatifs.

Dès la fin du IVe siècle avant notre ère, les Nabatéens, nous dit Diodore de Sicile, écrivent « en caractères syriens », c'est-à-dire araméens (*Bibliothèque historique* XIX, 96, 1). Le nabatéen est un dialecte dérivé de l'araméen tel qu'il était pratiqué à la chancellerie de l'Empire perse. En raison de l'origine arabe des Nabatéens ainsi que du caractère arabe d'une partie de leur onomastique et de quelques éléments de leur

lexique, la question de leur langue *parlée* fait depuis longtemps l'objet d'un débat qui n'est toujours pas tranché. S'agit-il d'une forme d'arabe ou de l'araméen qu'ils employaient dans les inscriptions ? Il est possible que la situation ait été différente selon le degré d'aramaïsation des régions, certainement plus fort en Syrie que dans le Sinaï, par exemple. On peut noter également que le nombre de termes arabes utilisés dans les inscriptions nabatéennes est relativement faible et qu'ils apparaissent principalement dans les textes de Hégra en Arabie. Le fait que l'écriture arabe soit sans doute dérivée de l'écriture nabatéenne – la majorité des chercheurs français la font cependant dériver du syriaque – et que quelques-unes des premières inscriptions en langue arabe soient écrites à l'aide de l'alphabet nabatéen ne constitue pas un argument en faveur de l'arabe comme langue parlée. Il témoigne seulement de la renommée et du prestige dont cette écriture jouissait encore deux ou trois siècles après la chute du royaume nabatéen.

À ces sources directes, il faut ajouter les témoignages subjectifs de Diodore, Strabon et Flavius Josèphe. Quant à l'archéologie, elle renseigne certes sur des aspects tels que les coutumes funéraires, les types d'habitat ou les habitudes alimentaires, mais elle reste muette sur l'organisation de la société. Le tableau qui suit est donc nécessairement à la fois partiel et partial et présente les grandes lignes de ce que nous savons actuellement de l'organisation sociale des Nabatéens.

Le roi et son gouvernement, l'armée

Le premier personnage du royaume est le roi, qui porte l'un des quatre noms dynastiques suivants : Arétas, Obodas, Rabbel ou Malichos, ces noms pouvant également être donnés à des particuliers. L'un des premiers rois identifiés, un Arétas qui régna au IIIe ou au IIe siècle avant notre ère, fut le premier à porter le titre de « roi des Nabatéens ». Un autre – ou le même –, qui régna au IIe siècle, est appelé « tyran des Arabes », mais c'est le qualificatif que lui donne l'auteur du deuxième livre des Maccabées (V, 8). À partir d'Arétas III Philhellène, « celui qui aime les Grecs » (84-62/61 av. J.-C.), les rois portent des titres plus pompeux. C'est, par exemple, « celui qui aime son peuple » pour Arétas IV et « celui qui a fait vivre et a sauvé son peuple » pour Rabbel II. Les inscriptions nabatéennes sont presque exclusivement datées par leurs années de règne, et le roi est parfois invoqué dans les épitaphes comme garant de l'inviola-

bilité des tombeaux. L'un d'eux, Obodas Ier, qui remporta sur le roi séleucide Antiochos XII, en 85 av. J.-C., une victoire militaire au cours de laquelle le Séleucide trouva la mort, fut divinisé et son culte organisé à Pétra et dans la ville qui porte encore son nom dans le Néguev, Avdat, l'ancienne Éboda. Strabon rapporte enfin que, lors des réunions des confréries religieuses où il était présent, le roi se comportait de manière tellement démocratique qu'il servait lui-même ses hôtes et qu'il rendait compte de son activité dans les assemblées populaires (*Géographie* XVI, 4, 26). Cette attitude ne pouvait manquer de surprendre un Grec, mais elle est normale si l'on considère le monarque comme une sorte de Sheikh tribal suprême, rôle dont il aurait hérité du temps où les Nabatéens étaient encore nomades.

La royauté se transmettait de père en fils. Hormis quelques membres de la dynastie pour lesquels il manque la preuve d'une filiation directe, il n'y a à cette règle qu'une exception notoire. Nous savons, en effet, par Flavius Josèphe (*Antiquités juives* XVI, 294), qu'en 9 av. J.-C., un certain Énée prit le pouvoir en Nabatène et changea ensuite son nom en Arétas (IV). S'il avait été le fils d'Obodas III, il aurait porté dès sa naissance un nom dynastique et n'aurait pas eu besoin d'en choisir un autre au moment de son accession au trône.

Le roi était secondé par un ministre appelé son « frère » (*Géographie* XVI, 4, 21). Nous connaissons celui d'Obodas III (30-9 av. J.-C.) et celui de la reine Shaqîlat, régente du royaume durant la minorité de son fils, le futur Rabbel II. Les activités du premier, Syllaios – Shullay dans les inscriptions nabatéennes –, personnage peu recommandable, ambitieux et fourbe, sont bien connues, car il joua un rôle important dans la politique régionale des dernières décennies du Ier siècle av. J.-C. En raison du caractère exceptionnel de son ministère, il est cependant difficile de définir ses attributions normales. Il était sans doute l'ambassadeur du roi hors des frontières ainsi que le magistrat suprême du royaume, gardien du droit qui semble avoir été de type coutumier. C'est ce qui émane du rapport de Strabon selon lequel les Nabatéens ignorent les procès entre eux, alors qu'ils sont fréquents à la fois chez les étrangers et entre les étrangers et les Nabatéens. Pour régler leurs conflits, ces derniers avaient sans doute recours à l'arbitrage des autorités et, en dernier lieu, à celui du roi.

Il semble que les provinces ou districts du royaume aient été administrés par un personnage portant le titre grec de stratège. Ce titre

apparaît en transcription, *'asartagâ,* dans de nombreuses inscriptions nabatéennes. Les stratèges avaient des fonctions à la fois civiles et militaires et représentaient le roi dans les provinces. Ils pouvaient exercer leurs fonctions à deux, et leur charge était sans doute héréditaire. Le siège de leur gouvernement était le *bêt shiltôn,* littéralement « maison de l'autorité », titre porté par la ville de Madabâ en 37 de notre ère. Des stratèges sont également mentionnés à Saïda au Liban, Dmeir et Qanawât en Syrie, Umm ar-Rasâs en Jordanie et Hégra en Arabie. Un épisode raconté par Flavius Josèphe confirme leur assise territoriale : lorsque la fille d'Arétas IV fut répudiée par son mari Hérode Antipas – chef de l'une des tétrarchies hérodiennes ayant survécu à la formation de la province romaine de Judée –, elle retourna chez son père en traversant, à partir de Machéronte sur la rive est de la mer Morte, la juridiction de plusieurs stratèges (*Antiquités juives* XVIII, 112). Ceux-ci étaient donc des fonctionnaires de l'administration royale, un peu comme nos préfets actuels. Nous savons, par ailleurs, grâce à une épitaphe de Hégra, que l'amende due par quiconque ne respectait pas les dispositions énoncées dans le texte pouvait être payée « au stratège qui est à Hégra », ce qui confirme son rôle dans la gestion locale. Enfin, quelques chefs militaires nabatéens sont qualifiés de stratèges par Flavius Josèphe, mais il n'est pas certain que le titre utilisé par l'historien juif soit l'exact équivalent du *'asartagâ* des textes nabatéens.

En tant que marchands, les Nabatéens avaient établi sur le pourtour de la Méditerranée des comptoirs commerciaux où ils avaient installé des colonies plus ou moins florissantes. Le récit de la fuite de saint Paul hors de Damas (2 Corinthiens 11, 32-33) nous apprend que la colonie de cette ville où, rappelons-le, le roi Arétas III régna de 84 à 72 av. J.-C., était dirigée par un ethnarque. En effet, au moment de la fuite, les portes de la cité étaient gardées par l'« ethnarque du roi Arétas », et l'apôtre dut être descendu dans un panier. Enfin, à Al-`Ulâ en Arabie se trouvait un épitrope, sorte d'inspecteur chargé de l'intendance, dont le nom, Aristinos, est cependant étranger à la sphère nabatéenne.

Nous connaissons enfin deux institutions de type administratif. La première, nommée dans une épitaphe de Hégra, est le *bêt qayshâ,* la « maison des mesures », où était déposée une copie des textes gravés sur la pierre. La seconde est mentionnée dans un papyrus de la Grotte aux lettres daté de 124 de notre ère. Il signale que les archives du conseil de

la ville de Pétra étaient conservées dans le sanctuaire d'Aphrodite de cette cité, peut-être le Qasr al-Bint, car on y a retrouvé un fragment de dédicace en grec mentionnant la déesse de l'Amour – à moins que l'Aphrodision ne soit le temple Sud (voir p. 85). Ajoutées au *bêt shiltôn* cité plus haut, ces institutions témoignent de l'existence d'une gestion publique des affaires du royaume dont les détails nous échappent totalement.

Hormis les titres de cavalier, *parshayyâ,* de chef de cavaliers, *rab parshayyâ* et de chef de camp, *rab mashrîtâ,* la plupart des titres de militaires nabatéens tels que l'hipparque, le chiliarque et le centurion, sont d'origine grecque ou latine. L'hipparque était un général de cavalerie, le chiliarque commandait une troupe de fantassins d'environ mille hommes, tandis que le centurion désignait peut-être un militaire subalterne.

À plusieurs reprises, des contingents nabatéens apportèrent leur soutien aux autorités romaines. En 47 av. J.-C., Malichos Ier offrit l'aide de sa cavalerie à César, alors en difficulté à Alexandrie, et, en 25 av. J.-C., l'expédition du préfet d'Égypte Aelius Gallus en Arabie du Sud bénéficia du renfort de mille Nabatéens conduits par le propre ministre du roi, Syllaios. Enfin, en 66 de notre ère, Malichos II fournit à Titus mille cavaliers et cinq cents fantassins pour sa campagne contre les Juifs.

La société nabatéenne, le rôle des femmes

Nous savons, par les témoignages radicalement différents de Diodore de Sicile et de Strabon, que la société nabatéenne connut de profonds bouleversements entre le IIIe siècle av. et le Ier siècle apr. J.-C. Le passage de l'état de pasteurs nomades à celui de sédentaires largement urbanisés et sans conteste hellénisés s'accompagna certainement de changements importants dans l'organisation sociale des Nabatéens. Si l'évolution de l'habitat, de l'écriture et des différents domaines de l'art, de la sculpture à la céramique, commence à être mieux connue grâce aux travaux entrepris depuis une vingtaine d'années, ce n'est pas le cas de celle de la société. Nous sommes, en effet, beaucoup mieux informés sur les Nabatéens du tournant de l'ère que sur ceux des débuts de l'époque hellénistique.

Au temps de l'informateur de Strabon (*Géographie* XVI, 4, 26), les Nabatéens étaient des gens avides de possessions qui honoraient quiconque avait augmenté ses biens. Ils avaient peu d'esclaves et étaient

servis par leurs concitoyens. Ils habitaient dans des maisons luxueuses, ne portaient pas de tuniques mais des pagnes serrés par une ceinture et des chaussons aux pieds. Les objets en or et en argent ainsi que les aromates étaient produits sur place, tandis que le cuivre, le fer, les vêtements de pourpre, les peintures et les objets moulés, entre autres, étaient, d'après Strabon, importés (voir p. 115 et 126-127).

Les inscriptions fournissent un éventail assez large des fonctions exercées par les Nabatéens. Celles-ci, une soixantaine au total, peuvent être classées en plusieurs catégories. Hormis les titres administratifs et militaires, les plus souvent mentionnés et dont il a déjà été question, on trouve, dans l'ordre décroissant du nombre d'attestations : les métiers liés à la construction et au décor tels que maçon, sculpteur, architecte, plâtrier, charpentier ; les serviteurs, esclaves et affranchis ; ce que nous appellerions aujourd'hui les professions libérales, scribe, médecin et barbier ; des fonctions liées à l'activité caravanière et économique tels que marchand, chamelier et peut-être chef de caravane ; des artisans parmi lesquels un orfèvre, un tisserand et un forgeron. Il n'est guère étonnant que les activités liées à l'agriculture et à l'élevage – une mention de berger peut-être dans une inscription inédite de Pétra – soient peu ou pas attestées. L'importance de l'eau en région semi-aride est, en revanche, illustrée par la fonction d'un certain Netîr'el, « chef de la source du La`bân », située dans le wadi proche de Khirbet adh-Dharîh.

La première femme du royaume est la reine, appelée « sœur » du roi dans les inscriptions. Ce qualificatif est un simple titre et non la preuve de l'existence de couples royaux incestueux, comme chez les Ptolémées d'Égypte. Les reines sont souvent mentionnées à côté de leur époux dans les généalogies de la famille royale, et les rois semblent avoir été monogames. Certains, tels Arétas IV et Rabbel II, ont certes eu plusieurs femmes, mais, comme l'atteste le monnayage qui présente souvent des portraits royaux accolés, successivement et non simultanément. L'une des reines, Shaqîlat II, épouse de Malichos II, fut régente du royaume pendant cinq ans, de 70 à 75 de notre ère, et des monnaies associant son portrait et celui de son fils Rabbel furent frappées à cette occasion.

Les femmes nabatéennes étaient juridiquement indépendantes et disposaient du droit de propriété. On le sait par les épitaphes des tombeaux de Hégra qui énumèrent des femmes soit parmi les fondateurs de

tombeaux, soit parmi les personnes autorisées à être inhumées à l'intérieur. L'une des tombes appartenait ainsi à « Shabû fils de Muqîmû et à Nubayqat fille de… et à leurs enfants », tandis qu'une autre appartenait exclusivement à « Hînat fille de `Abd`ubdat, à elle-même, ses enfants et ses descendants ». Il serait cependant abusif, comme l'ont fait certains, de parler de prééminence des femmes dans la société nabatéenne. L'attention particulière dont elles étaient indéniablement l'objet de la part de leurs époux ou de leurs frères s'explique plutôt par le nombre proportionnellement assez faible de tombes construites pour des femmes et donc par la nécessité – ou l'obligation – faite aux membres masculins de la famille de les accepter dans le tombeau collectif.

Outre la reine Shaqîlat et la fille d'Arétas IV, Sha`ûdat, les sources narratives grecques mentionnent une troisième figure féminine (*Guerre des Juifs* 1, 181). Il s'agit de Cypros, une noble nabatéenne qui, peu après 67 avant notre ère, épousa Antipater, le conseiller iduméen* d'Hyrcan, fils du roi juif Alexandre Jannée évincé du trône et de la grande prêtrise par son frère Aristobule à la mort de leurs parents. Ils eurent plusieurs enfants, parmi lesquels le futur roi Hérode le Grand dont l'ascendance est donc, ironie de l'histoire, à moitié nabatéenne et à moitié iduméenne, donc arabe.

L'image de la société nabatéenne que brossent les sources disponibles est ainsi celle d'une société hiérarchisée, ayant à sa tête un roi considéré comme le chef suprême de la grande « tribu » des Nabatéens. Il est aidé par un ministre, relayé dans les provinces par des représentants, les stratèges, et dans les colonies installées à l'extérieur des frontières par un ethnarque. Il dispose d'une armée suffisamment puissante, à la fois en cavaliers et en fantassins, pour aider ses alliés et combattre ses ennemis. La société qu'il dirige comprend des notables, officiers militaires ou membres des riches familles contrôlant le commerce caravanier, mais aussi des artisans, des scribes et, plus bas dans la hiérarchie sociale, des serviteurs. Les femmes y ont des droits et ne sont pas exclues du système juridique.

LES NABATÉENS DE BOSRA À HÉGRA

LES CARTES DE LA CIVILISATION NABATÉENNE représentent, bien classiquement, un vaste territoire, celui de la plus grande extension du royaume nabatéen, dans la première moitié du Ier siècle av. J.-C., sous le roi Arétas III. Au-delà de ce territoire, nous avons recensé au chapitre précédent (« Pétra, capitale caravanière ») les points où les Nabatéens furent présents ou influents. Sur les meilleures des cartes, les limites restent floues : en effet, elles ont varié dans le temps, on les connaît mal dans le détail, et parfois, dans le désert, elles n'existaient que sur des itinéraires précis, non ailleurs. Ces limites sont en gros bien connues. Au nord, Damas, et 40 km à l'est, Dmeir ; à la fin du Ier siècle av. J.-C., cette limite est ramenée vers le sud, un peu au nord de Bosra. Au nord-ouest, les hauteurs du Golan, Jérash, Amman, la mer Morte. À l'ouest, la limite nord du Néguev jusqu'à Gaza, la côte nord du Sinaï, l'isthme de Suez, la mer Rouge. Au sud, une ligne est-ouest dans le Hejâz, à la latitude de Medâ'in Sâleh (Hégra) et Al-`Ulâ. À l'est, un grand point d'interrogation dans le désert, mais les Nabatéens contrôlaient l'itinéraire nord-ouest/sud-est du wadi Sirhân, de Bosra vers le golfe Persique.

Faisons deux remarques. D'abord, limites floues pour nous ne veut pas dire partout frontières antiques imprécises : le royaume nabatéen était un État qui savait fort bien jusqu'où exactement s'étendait son emprise. Les combats acharnés, au Ier siècle av. J.-C., des rois nabatéens contre les Hasmonéens de Palestine puis contre Hérode, pour la possession de Gaza ou le contrôle des places fortes du Golan le montrent. En

77. À une centaine de kilomètres au nord de Pétra, sur la « route des Rois » en direction de Madabâ et de Bosra, Khirbet adh-Dharîh était probablement une halte caravanière. On y trouve notamment un temple, ici vu d'en haut et en cours de fouille et de restauration par une équipe franco-jordanienne. Le monument fut transformé en lieu de culte chrétien au VIe *siècle, ce qui explique le grand nombre des murs tardifs à l'intérieur et l'abside visible à droite. Dans son état nabatéo-romain, bâti sur un temple plus ancien entre 100 et 150 de notre ère, ce temple présente un bel exemple de* môtab* *monumental, la plate-forme à colonnes que l'on voit au centre et au fond. Les deux petits escaliers qui donnaient à l'origine accès à ce* môtab *– pour les prêtres – ont été bouchés par la suite. Au centre du dallage du* môtab, *on remarque une encoche pour fixer un bétyle* ; en dessous était ménagée une cuve, pour recevoir les liquides sacrés après les libations*. Sous ce temple existent trois cryptes, dont deux sous le* môtab.

témoigne aussi la présence à Leukè Kômè, port nabatéen sur la côte arabique de la mer Rouge, d'un responsable des douanes, mentionné au milieu du Ier siècle apr. J.-C. par le document grec dit *Périple de la mer Érythrée*.

Ensuite, la représentation moderne, à l'intérieur des frontières, d'un territoire continu ne convient guère pour décrire le peuplement. L'essentiel de ce territoire était dans la steppe ou le désert : on n'y trouvait que des pistes, sans doute quelques points permanents, et des groupes de pasteurs nomades. Il faudrait représenter le monde nabatéen sous la forme de trois vecteurs, ou trois épines dorsales, se rejoignant à Pétra (ou en partant) – quel qu'ait été le mouvement de peuplement nabatéen à l'origine, du Yémen ou du Hejâz vers Pétra sans doute : un vecteur de Pétra vers Bosra par la Jordanie centrale ; un deuxième de Pétra vers Gaza et Péluse à travers le nord du Néguev ; un troisième vers Hégra, par Ramm ou Aqaba. Ces trois larges « flèches » à double sens représenteraient les trois grandes zones de l'établissement sédentaire des Nabatéens : axes de circulation principaux à l'intérieur du royaume, jalonnés par des sanctuaires*-étapes comme Dharîh ou Ramm, concentration de hameaux, villages et bourgades dans les zones les moins infertiles : par ordre décroissant de fertilité, la Jordanie centrale et le Hawrân, le nord du Néguev, quelques oasis du Hejâz. Hameaux, villages et bourgades : le monde nabatéen paraît en effet peu urbanisé avant l'époque romaine, en dehors de Pétra et de Bosra. Les sites majeurs du Néguev sont plus des bourgades que de vraies villes, de même les toparchies* transjordaniennes comme Madabâ. Gaza ne fut que marginalement nabatéenne, et presque rien n'est connu de Hégra en fait d'agglomération. En revanche, dans les zones fertiles, les Nabatéens ont occupé la campagne en créant ou recréant des villages de taille moyenne (quelques dizaines d'habitations) environnés parfois d'une nébuleuse de petits hameaux disposés en fonction des ressources en eau.

VERS BOSRA

C'est ce mode de peuplement qui prévalait au nord de Pétra, le long de la « route des Rois », sur le rebord assez arrosé du plateau transjordanien. À trois étapes antiques de Pétra, le couple formé par Khirbet adh-Dharîh et Khirbet at-Tannûr, distants de quelques kilomètres, est remarquable.

Les deux sites, aujourd'hui abandonnés, marquent, près du wadi* al-Hasâ, la frontière traditionnelle d'Édom et de Moab. À Tannûr (fouillé dans les années 1930) se dresse un sanctuaire de haut lieu, isolé sur un piton (le décor est à voir aux musées d'Amman et de ... Cincinnati), à Dharîh (fouillé depuis les années 1980) un sanctuaire de fond de vallée, avec un temple pourvu d'un beau *môtab** et dont la façade représente un large panthéon (photo nº 77). On trouve aussi à Dharîh une bonne image de l'organisation sociale villageoise : une vaste maison luxueuse, avec des thermes, et un tombeau familial monumental dominent une masse de maisons paysannes, avec des huileries, et des tombes ordinaires. Au nord du wadi al-Hasâ, Dhât Râs présente les restes spectaculaires d'une façade de temple nabatéen et Qasr Rabbah offre un autre temple bien conservé et dégagé, mais dont le décor a disparu. Au nord du wadi Mûjib, c'est le temple de la bourgade de Dhîbân, qui fut fouillé dans les années 1960. Il faut ensuite aller jusqu'aux terres basaltiques du Hawrân, dans le Nord-Est jordanien et le Sud syrien, pour retrouver des traces tangibles des Nabatéens. Mais, en dehors de Bosra, ces traces sont surtout des inscriptions éparses dans les villages, ou rassemblées dans les musées de Bosra et Suweidâ'. Elles permettent d'évoquer la densité de l'implantation nabatéenne dans ces campagnes au Ier siècle apr. J.-C. Le site imposant d'Umm al-Jimâl (Jordanie), d'époque romaine tardive et byzantine, n'était pas un village nabatéen, contrairement à ce que l'on a longtemps cru : celui-ci, beaucoup plus modeste, se trouvait cinq cents mètres plus au sud-est. Der`â, l'ancienne Adraa, à l'ouest de Bosra, fut certainement une localité nabatéenne importante, comme en témoignent les inscriptions des Adraéniens à Pétra, mais seuls certains vestiges romains de la ville sont fouillés, et ils ne témoignent pas d'une persistance marquée de la civilisation nabatéenne. L'Adraa romaine battit cependant, comme Bosra, des monnaies figurant des bétyles* sur une estrade, avec une légende évoquant les *Actia Dusaria,* les jeux en l'honneur de Dûsharâ. À Bosra, ce sont également les vestiges de la capitale de la province romaine d'Arabie qui prédominent largement. Un ensemble cultuel nabatéen, sans doute le sanctuaire de Dûsharâ A`râ, a cependant été mis en évidence dans le quartier sud-est de la vieille ville, qui n'obéit pas aux axes de la ville romaine. L'entrée se fait par l'ouest, par l'« arc nabatéen », une porte monumentale de *temenos**, voûtée et ornée de chapiteaux nabatéens, puis par un passage souligné par deux

colonnes nabatéennes, que les fouilles des années 1980 ont daté du règne de Rabbel II, le grand roi bâtisseur de Bosra. Le *temenos* nabatéen, entouré d'un portique à colonnes, s'étend sous la cathédrale byzantine, à 2 m sous le niveau de sol de celle-ci. La tradition nabatéenne semble avoir été éradiquée rapidement à Bosra après l'annexion romaine : l'architecture est romanisée, la poterie nabatéenne peinte disparaît, seuls les noms de personnes nabatéens survivent. Plus au nord, le centre de l'actuel Jebel Druze fut une zone disputée entre les Nabatéens et leurs voisins – les successeurs d'Hérode – et la province romaine de Syrie : des monuments nabatéens subsistent à Suweidâ' et au sanctuaire montagnard de Sia. C'est dans le désert situé à l'est du Jebel Druze que l'on trouva, à Nemârah, l'un des textes les plus tardifs en écriture nabatéenne, mais déjà en langue arabe : c'est l'inscription du cénotaphe d'Imru'-lqeis, qui se proclamait en 328 « roi de tous les Arabes ». Elle est exposée au musée du Louvre.

Vers Gaza et Péluse

Le Néguev nabatéen (en fait le tiers nord du Néguev, le reste, trop sec, n'ayant jamais été peuplé de sédentaires dans l'Antiquité) a été découvert à partir des années 1930, et surtout des années 1950 par les fouilles israéliennes. Les sites – principalement Mampsis (Kurnub), Éboda (Avdat), Sobata (Shivta ou Sbaïta), Nessana (Nitzana), Rehovôt, Élusa (Halutza) – constituaient des étapes sur les pistes caravanières que nous avons évoquées au chapitre précédent. D'après le principal fouilleur, Abraham Negev, elles ne furent longtemps que des étapes, et elles connurent un déclin au milieu du Ier siècle apr. J.-C., avant de connaître un renouveau, fondé cette fois sur l'agriculture. Les recherches menées dans le Néguev présentent justement l'intérêt d'avoir mis en évidence les techniques de mise en valeur agricole des Nabatéens dans un milieu très infertile : épierrement systématique, usage des tas d'épierrement pour retenir et diffuser lentement l'humidité autour des pieds de vigne et des arbres fruitiers, construction d'« escaliers de terrasses » agricoles faiblement étagées, sur le cours des wadis, pour retenir l'eau au maximum.

Les sites, largement dégagés et restaurés, sont de visite agréable, mais ce sont surtout les bâtiments de l'époque paléochrétienne qui y prédominent, à Nessana, Élusa et Sobata surtout. Mampsis et Éboda offrent

de bons exemples d'architecture domestique nabatéenne tardive (certains détails, comme les seuils en bois, les étables à auges de pierre, les cages d'escalier de section carrée, retiennent l'attention), une acropole romaine autour d'un temple nabatéen à Éboda, et, à Mampsis, un atelier de potiers et un palais. Il est connu que le roi Obodas Ier, qui fut divinisé, avait son tombeau à Éboda, où son culte était aussi célébré. Les fouilles de Mampsis ont mis au jour une importante nécropole : les fouilleurs pensent que l'on y pratiquait l'« inhumation secondaire », c'est-à-dire la réinhumation des ossements après un premier enterrement ; cette hypothèse n'est cependant pas confirmée par les fouilles des autres nécropoles nabatéennes.

78. *Les sites du nord du Néguev, d'abord bourgades nabatéennes sur les pistes caravanières de Pétra vers les ports de Gaza et Péluse, puis petites ou moyennes cités d'époques romaine et byzantine, offrent un visage tout différent de celui de Pétra, en l'absence d'architecture rupestre. L'un des plus importants est Mampsis (moderne Kurnub ou Mamshit), célèbre notamment pour sa nécropole et pour un trésor de dix mille monnaies d'argent nabatéennes et romaines datant d'entre la fin du* Ier *et le début du* IIIe *siècle apr. J.-C. La grande maison représentée ici (35 mètres sur 20), à trois étages et trois ailes autour d'une cour à portique, a été qualifiée de «palais» par les fouilleurs, qui l'ont datée du début du* IIe *siècle apr. J.-C.*

À Gaza, les fouilles ont débuté à la fin des années 1990 : elles promettent une riche documentation sur l'époque hellénistique et nabatéenne, et fournissent déjà une abondante moisson de tessons peints nabatéens.

Plus à l'ouest, la présence des Nabatéens dans le Sinaï est documentée par de très nombreux graffiti rupestres de pasteurs, mais aussi, dans le nord de la péninsule, par le petit temple caravanier de Qasrweit, construit en briques, modeste écho désertique des sanctuaires de Dharîh ou du temple « aux Lions ailés » de Pétra. Un autre temple, dédié à al-Kutbâ, fut bâti à Tell ash-Shuqâfiyyeh au Ier siècle av. J.-C. Le port de Rhinocolure n'est pas encore fouillé, et les fouilles de Péluse, sur la branche orientale du Nil, n'ont débuté qu'à la fin des années 1990.

Vers Hégra

Au sud de Pétra, sur la route du Hejâz, on trouve d'abord, dans la dépression du Hisma, le grand site de Humeima, l'antique Auara : une localité très étendue, mais peu dense, et qui fut durablement occupée,

jusqu'au début de l'époque islamique. Les recherches entamées dans les années 1980 y montrent surtout, pour l'époque nabatéenne, un réseau développé de canalisations et de grands réservoirs. À Aqaba, les fouilles des années 1990 ont localisé la ville ancienne, Aila, avec ses niveaux nabatéens, mais il n'est pas certain qu'Aila ait été alors un port majeur. En revanche, un peu plus à l'est, le magnifique site naturel du wadi Ramm, l'ancienne Iram, où alternent étendues sableuses et parois rocheuses, est bien connu depuis le début du XXe siècle comme lieu d'un petit temple à *môtab* central, dédié à Allath. Un petit village antique y a également été découvert à la fin des années 1990. Dans ce secteur, les Nabatéens se trouvaient au contact d'un autre groupe arabe, les auteurs des inscriptions dites thamoudéennes, qui y ont laissé de nombreux graffiti dans leur écriture propre, dont l'un témoigne qu'un certain Ghawth, de la tribu de `Âd, participa à la construction du temple d'Allath. En dépit de la modestie de ses vestiges, Iram est au cœur de la très vieille légende arabe de *Iram, dhât al-`imâd,* ville fabuleuse et opulente, aujourd'hui encore sujet de méditations littéraires.

Au sud d'Iram, le Hejâz nabatéen est une immense zone peu peuplée, que nous connaissons surtout à travers la remarquable *Mission archéologique en Arabie* des pères Jaussen et Savignac, au début du

79. Medâ'in Sâleh, l'ancienne Hégra, aux confins méridionaux du royaume nabatéen, aujourd'hui en Arabie saoudite, était le grand poste caravanier sur la route de Najrân et du royaume de Qatabân (dans l'actuel Yémen). Explorée seulement, mais pas encore fouillée, la ville présente un ensemble de nécropoles qui évoquent de très près celles de Pétra, avec une variété moins grande de tombeaux. Le type ici illustré y prédomine largement, ce qui a donné naissance au terme de « type Hégra » pour désigner ces façades. À la différence de Pétra, les sculpteurs et propriétaires des tombeaux, ainsi que les défunts autorisés à être inhumés à l'intérieur, sont connus par les inscriptions à caractère juridique gravées sur la façade. Elles fournissent des dates entre le tournant de l'ère chrétienne et 75 apr. J.-C.

XXe siècle. Ici, les Nabatéens proprement dits, dont le royaume contrôlait la région, n'étaient pas le seul groupe ethnique – ni probablement ailleurs au demeurant : nous venons de mentionner les auteurs des inscriptions thamoudéennes ; de plus, Pline l'Ancien (*Histoire naturelle*, VI, 32), au Ier siècle apr. J.-C., mentionne entre Pétra et l'*Arabia felix* (le Yémen) onze groupes tribaux non nabatéens, dont les *Aualitae* à Dûmâ et Hégra. La région de Medâ'in Sâleh, l'ancienne Hégra, et d'Al-`Ulâ (anciennement Dédân), était particulièrement importante et semble avoir formé la limite sud du royaume. Le port de Leukè Kômè (le « village blanc » des textes grecs) se situait peut-être à al-Wajh, à 200 km au sud-ouest de Medâ'in Sâleh. À Ruwwâfah, au nord-ouest de Hégra, un temple nabatéen d'époque romaine portait une dédicace bilingue gréco-nabatéenne, datée de 164-169 apr. J.-C. et émanant des Thamoudéens. La nécropole rupestre de Hégra est la seule qui puisse être comparée à celle de Pétra, bien que les monuments en soient moins nombreux et surtout beaucoup moins variés (photo no 79). Les façades de tombes, notamment celles du massif dit *Qasr al-Bint* (à ne pas confondre avec le sanctuaire de Pétra), sont en revanche extraordinairement bien préservées, et, à la différence de celles de Pétra, portent des inscriptions nombreuses, datées surtout de la première moitié du Ier siècle apr. J.-C., qui montrent que les sculpteurs appartenaient à des familles spécialisées et qui prévoient des peines et amendes à l'encontre des utilisateurs illégitimes des tombeaux. Ces tombes ressortissent à des types moins hellénisés, plus dépouillés qu'à Pétra : en particulier, le fameux type Hégra, avec sa façade sobre, son décor concentré au-dessus de la porte et son couronnement à merlons* d'angles. On se sent ici dans un milieu moins mêlé d'influences diverses, plus purement arabe, qu'à Pétra, mais cette impression reste à confirmer par des fouilles en bonne et due forme, sur d'autres vestiges que ceux de la nécropole.

CONCLUSION

Qui étaient les Nabatéens ? Notre long examen des données de Pétra et notre bref parcours à travers la Nabatène laissent la question ouverte. Quelle était l'origine géographique de ce groupe, comment s'est-il élargi en se mêlant à d'autres, Édomites notamment, quelles différences ethniques ou claniques subsistaient, dans le royaume nabatéen, puis dans la province romaine d'Arabie, entre les Nabatéens proprement dits et les autres groupes, comme ceux que Pline signale dans le Hejâz, ou comme les pasteurs alphabétisés, improprement dits « safaïtiques », dans la steppe ? Y eut-il une identité, une nation, nabatéenne ? Quelques textes isolés, des inscriptions safaïtiques – justement – dont les auteurs se disent « nabatéens », une inscription de Palmyre à l'époque romaine dont l'auteur, également, se qualifie de « nabatéen », le laissent penser, mais ce sont des témoignages bien ténus. Bien des chantiers restent donc ouverts, que les fouilles encore à venir, notamment à Pétra même, à Bosra et au Hejâz, viendront peu à peu éclairer.

Une chose est, en revanche, certaine : Pétra, métropole incontestée de tout ce royaume caravanier, puis paradoxalement agricole, jusqu'à l'annexion romaine de 106, restée par la suite le centre d'une vaste zone demeurée nabatéenne de tradition, a fédéré les peuples et drainé les richesses du territoire nabatéen, fasciné par son opulence les contemporains : cette opulence excita les convoitises des rois hellénistiques et des conquérants romains, avant de susciter son déclassement

rampant par la politique extérieure, puis provinciale, de Rome. Regrettons qu'elle n'ait pas trouvé dans l'Antiquité, comme l'Attique, un Pausanias ou, comme Antioche, un Libanios pour la décrire et chanter sa splendeur.

CHRONOLOGIE DES ROIS NABATÉENS

Arétas Ier	Tyran des Arabes	vers 168 av. J.-C.
Arétas II		vers 120/110-96
Obodas Ier		vers 96-85
Rabbel Ier		vers 85/84
Arétas III	Philhellène	84-62/61
Obodas II		62/61-59
Malichos Ier		59-30
Obodas III		30-9
Arétas IV	Qui aime son peuple	9-40 apr. J.-C.
Malichos II	Roi des Nabatéens	40-70
Rabbel II	Qui a fait vivre et a sauvé son peuple	70-106
	(Rabbel II et sa mère Shaqîlat, 70-75)	

GLOSSAIRE

ACROTÈRE. Socle disposé au sommet ou aux extrémités d'un fronton et servant de support à une statue ou à un autre ornement. Le terme peut également désigner cet ornement lui-même.

ADYTON. Partie du temple abritant les images cultuelles, inaccessible au profane.

APODYTERIUM. Vestiaire, dans un édifice thermal.

ANTES. Piliers ou pilastres qui encadrent une porte ou une façade ; extrémités des murs latéraux d'un bâtiment.

APOTROPAÏQUE. Du grec *apotropaios,* « qui éloigne les maux ».

ARCOSOLIUM. Niche cintrée, qui abrite généralement une tombe.

ATTIQUE. Petit étage supplémentaire, généralement décoré de pilastres, de proportions moindres que l'étage inférieur et séparé du reste de l'édifice par une corniche.

BALSAMAIRE. Vase pour la conservation des parfums.

BARLONG. Se dit d'un bâtiment ou d'une salle plus large que long et dont l'entrée principale se trouve sur un des longs côtés. Le plan barlong est assez commun dans les temples sémitiques.

BASILICAL (PLAN). Par analogie avec la basilique paléochrétienne, dont le caractère dominant est un vaisseau central plus haut que les collatéraux et éclairé par des fenêtres, toute église de plan allongé à plusieurs vaisseaux dont le vaisseau central est directement éclairé par des fenêtres.

BÉTYLE. Terme dérivé du sémitique *beth-el,* signifiant « maison de Dieu », et de là, du grec *baitulos.* Il désigne les pierres sacrées symbolisant la présence divine. Celles-ci sont généralement aniconiques, c'est-à-dire qu'elles n'offrent pas d'images de la divinité.

BICLINIUM. Salle de banquet à deux *(bi-)* banquettes *(kliné).*

BOULÈ. Conseil des notables, sénat local.

CALDARIUM. Salle chaude d'un édifice thermal.

CANTHARE. Coupe large et profonde munie d'un pied et de deux hautes anses verticales.

CAVEA. Partie du théâtre où s'étagent les gradins des spectateurs.

CELLA. Terme latin d'architecture, désignant la salle principale ou unique d'un temple.

DÉCAPOLE. Ensemble d'une dizaine de villes grecques, de fondation hellénistique, et rendues autonomes par Pompée dans le nord-ouest de la Transjordanie, le sud de la Syrie et le nord-est de la Palestine. Parmi elles : Gérasa (Jérash), Philadelphia (Amman), Pella (Tabaqat Fahl), Gadara (Umm Qais), Scythopolis (Beith-Shean), Dion (Tell Ashaari), Kanatha (Qanawât).

ÉLECTROPHORÈSE. Phénomène qui réside dans le déplacement des granules ou des micelles en suspension dans les solutions colloïdales quand on établit un champ électrique entre deux électrodes plongées dans la solution.

ENGOBE. Couche d'argile fine à la surface d'une poterie, produisant l'effet d'une peinture continue.

ENTABLEMENT. Partie supérieure d'un édifice, qui s'élève au-dessus des colonnes et comprend l'architrave, la frise et la corniche.

EXÈDRE. Dans l'architecture monumentale, espace en forme de grande niche, souvent en abside.

FEUILLURE. Ressaut pratiqué dans l'embrasure d'une baie pour recevoir les bords de dalles ou autres dormants.

FLEURON. Ornement sculpté en forme de fleur, qui termine un couronnement.

FOUDRE. Le foudre, attribut de Zeus, est une représentation stylisée de la foudre, sous la forme d'une flèche à deux pointes.

FRISE DORIQUE. Frise composée alternativement de triglyphes et métopes. Les triglyphes sont des successions de cannelures groupées par trois, tandis que les métopes sont des intervalles nus ou sculptés.

GORGE ÉGYPTIENNE. Moulure concave employée comme couronnement d'une pièce architecturale, avec des dimensions relatives plus importantes que pour une simple moulure.

GRECQUE. Décor linéaire constitué de lignes brisées à angle droit évoquant des svastikas.

HYPOCAUSTE. Espace chauffant sous le sol d'un *caldarium*, dans des thermes. Il est constitué de rangées de pilettes cylindriques en céramique, entre lesquelles circule l'air chaud et sur lesquelles repose le sol de la pièce chaude.

IDUMÉENS. Habitants de l'Idumée, nom donné à la province organisée par les Perses au sud de la Palestine, au début du IVᵉ siècle av. J.-C.

LIBATION. Pratique religieuse consistant à répandre une offrande liquide.

LOCULUS. Compartiment, cellule ou niche, dans lequel étaient placés les défunts, éventuellement dans des sarcophages.

MERLONS. Motifs décoratifs en forme de créneaux à degrés.

MORTAISE. Terme d'architecture désignant un creux ou trou pour ficher un tenon.

MÔTAB. Terme sémitique signifiant « siège » et désignant en nabatéen la base, le podium ou l'estrade sur lequel se dresse le bétyle. En Orient, certains trônes divins, parfois vides, étaient l'objet d'un culte.

NAOS. Équivalent grec du latin *cella*.

NEFESH. Terme sémitique signifiant « souffle, âme, personne ». Monument funéraire commémoratif en forme de pyramide allongée.

NYMPHÉE. Monument ou temple des eaux organisé autour d'une fontaine monumentale.

OBOLE DE CHARON. Dans la mythologie grecque, Charon est le passeur qui transportait les morts dans sa barque. Ils devaient d'abord lui avoir versé le prix du passage (une obole placée dans la bouche).

OPUS SECTILE. Technique utilisée pour certains pavements de luxe dans l'Antiquité : assemblage d'éléments de marbre – éventuellement d'autres roches – de couleurs diverses pour créer un décor géométrique ou parfois floral stylisé.

ORCHESTRA. Partie du théâtre située en contrebas et au milieu de la *cavea*.

PAMPRE. Motif décoratif représentant des rinceaux de vigne avec des feuilles et leurs fruits.

PARÈDRE. Se dit des dieux inférieurs dont le culte s'associe à celui de divinités plus importantes.

PATÈRE. Ornement architectural de forme circulaire imitant une patère antique (coupe évasée et peu profonde qui servait pour boire ou pour verser des libations pendant les sacrifices).

PÉRIPTÈRE. Se dit d'un temple ou monument entouré sur tous les côtés par une colonnade.

PHIALE. Coupelle hémisphérique pour les libations, avec un petit bombement au fond, correspondant à un petit creux sur le fond externe.

PIÉDOUCHE. Petit pied. Petit piédestal rond et mouluré servant à supporter une statue.

PILASTRE. Pilier rectangulaire de faible saillie engagé dans un mur, auquel on donne les mêmes proportions et les mêmes ornements qu'aux colonnes.

PILASTRES D'ANTE. Piliers carrés et en léger relief, placés aux deux angles antérieurs de la façade.

PLATE-BANDE. Moulure plate et large, en faible saillie.

PRONAOS. Mot grec désignant le vestibule d'un temple, placé devant la *cella*.

PROPYLÉES. Entrée monumentale d'un temple ou d'un palais constituée par une porte doublée d'un vestibule.

PROSCYNÈME. Petit monument de culte devant lequel on se prosternait.

PYRAMIDION. Couronnement pyramidal d'un obélisque.

SANCTUAIRE. Conventionnellement, le mot est employé pour désigner un ensemble destiné au culte : par exemple *temenos*, autel, *triclinia* et temple proprement dit. L'acception est donc plus large que celle de temple.

SIGILLÉE. Céramique romaine faite d'une argile fine à laquelle la cuisson a donné une couleur brique et dont le vernis (engobe) est brillant et rouge le plus souvent. Cette céramique est normalement estampillée (de *sigilum,* latin « sceau »).

TAWÂBÎN. Pluriel de *tâbûn,* mot arabe désignant un four de plan circulaire, de forme ovoïde aménagé à même le sol, fait de pierres à la base et d'argile. Très commun dans l'Antiquité comme dans l'habitat traditionnel au Proche-Orient.

TEMENOS. Mot grec désignant l'esplanade sacrée entourée d'un mur, où se dresse le temple.

TEMPLE *IN ANTIS.* Temple où les murs encadrent les colonnes du *pronaos*.

TÉTRASTYLE *IN ANTIS.* Façade comportant quatre *(tétra)* colonnes *(stulos)* et flanquée de piliers *(antes)* à chaque extrémité.

THÉOPHORE. Littéralement, qui porte le nom d'un dieu, par exemple `Abd-Dûsharâ, « serviteur de Dûsharâ ».

THIASE. Terme dérivé du grec *thiasos,* « cortège, festin, confrérie ». L'équivalent

sémitique, y compris dans les inscriptions nabatéennes, est *marzeah*.

THOLOS. Mot grec qui désigne un édifice ou un édicule circulaire et voûté, rotonde. Dans les sanctuaires, sa toiture est portée par des colonnes et elle abrite une statue divine.

TOPARCHIE. District ou chef-lieu de district.

TORE. Grosse moulure horizontale saillante, le plus souvent semi-cylindrique.

TOREUTIQUE. Artisanat de la ciselure des objets métalliques de luxe.

TRACHONITIDE. Région du sud de la Syrie, correspondant au Lejâ actuel.

TRICLINIUM. Salle de banquet à trois *(tri-)* banquettes *(kliné)*. Pluriel *triclinia.*

UNGUENTARIUM. Petit flacon à onguents ou à parfum. Pluriel : *unguentaria.*

WADI. Cours d'eau intermittent, équivalent d'*oued* en arabe classique et oriental.

WÂLÎ. Mot arabe, littéralement « saint homme ». Par dérivation : « lieu dédié à un saint ».

BIBLIOGRAPHIE

Ouvrages généraux

Amadasi-Guzzo M. G. et Schneider A. E., *Pétra, capitale des Nabatéens,* Paris, Arthaud, 1997.

Augé C. et Dentzer J.-M., *Pétra. La cité des caravanes,* Paris, Gallimard, coll. « Découvertes », 1999.

Browning I., *Petra,* Londres, 1982 (5e éd.).

Hammond Ph. C., *The Nabataeans. Their History, Culture and Archaeology,* Studies in Mediterranean Archaeology, 37, Gothenburg, 1973.

Khoury R. G., *A Guide to the Capital of the Nabataeans,* Londres et New York, 1986.

McKenzie J. S., *The Architecture of Petra,* British Academy Monographs in Archaeology, 1, Oxford, 1990.

Starcky J., « Pétra et la Nabatène », *in* H. Cazelles et A. Feuillet (éds), *Dictionnaire de la Bible,* supplément 7, Paris, 1966, col. 886-1017.

Weber Th. et Wenning R. (éds), *Petra. Antike Felsstadt zwischen arabischer Tradition und griechischer Norm,* Sonderhefte der Antike Welt, Mayence, 1997.

Wenning R., *Die Nabatäer. Denkmäler und Geschichte,* Novum Testamentum et Orbis Antiquus, 3, Fribourg-Göttingen, 1987.

Revues

Annual of the Department of Antiquities of Jordan, Amman : très nombreux articles sur Pétra, notamment de F. Zayadine.

Aram Périodical, 2, 1990 (The Oriental Institute, The University of Oxford) : ensemble du numéro.

Les Dossiers d'archéologie, 163, 1991 : ensemble du numéro, 244, 1999, p. 38-59.

Le Monde de la Bible, 14, 1980 et 88, 1994 : ensemble des deux numéros.

Articles d'encyclopédies

Articles « Pétra », « Nabatéens », « Arétas », « Obodas », « Inscriptions nabatéennes », etc. dans les encyclopédies suivantes :

Freedman D. N. (éd.), *The Anchor Bible Dictionary,* New York, Londres, Toronto, Sydney, Auckland, 1992.

Meyers E. M. (éd.), *The Oxford Encyclopedia of Archaeology in the Near East,* New York, 1997.

Stern E. (éd.), *The New Encyclopedia of Archaeological Excavations in the Holy Land,* Jérusalem, 1993.

Catalogues d'exposition

Baratte F. (éd.), *Un royaume aux confins du désert. Pétra et la Nabatène,* Muséum de Lyon, 18 novembre 1978-28 février 1979, Lyon.

Homès-Fredericq D. (éd.), *Inoubliable Pétra. Le royaume nabatéen aux confins du désert,* Musées royaux d'Art et d'Histoire, 1er mars-1er juin 1980, Bruxelles.

La Voie royale. Neuf mille ans d'art au royaume de Jordanie, Musée du Luxembourg, 26 novembre 1986-25 janvier 1987, Paris.

Jordanie, sur les pas des archéologues, Institut du monde arabe, 13 juin-5 octobre 1997, Paris, 1997.

Découverte et exploration

Bachmann W., Watzinger C., Wiegand Th., *Petra,* Wissenschaftliche Veröffentlichungen des Deutsch-Türkischen Denkmalschutz-Kommandos, 3, Berlin et Leipzig, 1921.

Brünnow R. E. et Domaszewski A. von, *Die Provincia Arabia. Auf Grund zweier in den Jahren 1897 und 1898 unternommenen Reisen und der Berichte früherer Reisender* (3 vol.), Strasbourg, 1904-1909 [Pétra = vol. 1, 1904].

Burckhardt J. L., *Travels in Syria and the Holy Land,* Londres, 1822.

Dalman G., *Petra und seine Felsheiligtümer,* Leipzig, 1908.

Dalman G., *Neue Petra-Forschungen und der heilige Felsen von Jerusalem,* Leipzig, 1912.

Irby Ch. L. et Mangles J., *Travels in Egypt and Nubia, Syria, and Asia Minor during the Years 1817 and 1818,* Londres, 1823.

Kammerer A., *Pétra et la Nabatène. L'Arabie Pétrée et les Arabes du Nord dans leurs rapports avec la Syrie et la Palestine jusqu'à l'Islam,* Paris, 2 vol., 1929-1930.

Kennedy A. B. W., *Petra. Its History and Monuments,* Londres, 1925.

Laborde L. de, *Voyage de l'Arabie Pétrée par Léon de Laborde et Linant,* Paris, 1830.

Laborde L. de et Linant de Bellefonds L.-M.-A./Augé Chr. et Linant de Bellefonds P., *Pétra retrouvée. Voyage de l'Arabie Pétrée, 1828,* précédé de *La Découverte de Pétra* de Johann Ludwig Burckhardt (traduit de l'anglais par Ph. Babo) et augmenté d'extraits du carnet de voyage inédit de L.-M.-A. Linant de Bellefonds. Préface et notes de Christian Augé et Pascale Linant de Bellefonds, Paris, 1994.

Musil A., *Arabia Petraea,* II, *Edom,* Vienne, 1907.

Sartre A., « Le voyage en Orient de W. J. Bankes », *L'Histoire,* 211, 1997, p. 7-9.

FOUILLES ET PROSPECTIONS

Bignasca A., Fellmann Brogli R., Kolb B., Schmid S., Stucky R. *et al., Petra. Ez Zantur I. Ergebnisse der Schweizerisch-Liechtensteinischen Ausgrabungen 1988-1992,* Terra archaeologica, 2, Mayence, 1996.

Fiema Z. T., « Une église byzantine à Pétra », *Archéologia,* 302, 1994, p. 26-35.

Fiema Z. T., Schick R., `Amr Kh., « The Petra Church Project : Interim Report, 1992-1994 », in *The Roman and Byzantine Near East : Some Recent Archaeological Research.* Journal of Roman Archaeology. Supplementary Series 14, p. 293-303, fig. 1-13, p. 287-292.

Joukowsky M. S., « The 1996 Brown University Archaeological Excavations at the "Great" Southern Temple at Petra », *Annual of the Department of Antiquities of Jordan,* 41, 1997, p. 195-218.

Hammond Ph. C., *The Excavation of the Main Theater at Petra, 1961-1962. Final Report,* Londres, 1965.

—, « Die Ausgrabung des Löwen-Greifen-Tempels in Petra (1973-1983) », *in* M. Lindner (éd.), *Petra. Neue Ausgrabungen und Entdeckungen,* Munich, 1986, p. 16-30.

—, *The Temple of the Winged Lions, Petra, Jordan, 1973-1990,* Fountain Hills, 1996.

Hammond Ph. C. et Johnson D. J., « American Expedition to Petra. The

1990-1993 Seasons », *Annual of the Department of Antiquities of Jordan*, 38, 1994, p. 333-344.

Lindner M. (éd.), *Petra und das Königreich der Nabatäer,* Munich, 1989 (5e éd.) [travaux de la *Naturhistorische Gesellschaft* de Nuremberg].

—, *Petra. Neue Ausgrabungen und Entdeckungen,* Munich, 1986 [travaux de la *Naturhistorische Gesellschaft* de Nuremberg].

Parr P. J., « Sixty Years of Excavation in Petra. A Critical Assessment », *Aram Periodical* 2, 1990, p. 7-23.

Zayadine F., articles dans *Annual of the Department of Antiquities of Jordan,* 18 (1973), 19 (1974), 23 (1979), 25 (1981), 26 (1982), 35 (1991).

Mille ans d'histoire

Bowersock G. W., *Roman Arabia,* Cambridge (Mass.) et Londres, 1983.

Deschamps P., *Les Châteaux des croisés en Terre sainte,* II : *La Défense du royaume de Jérusalem,* Paris, 1939.

Healey J. F., « Were the Nabataeans Arabs ? » *Aram Periodical,* 1, 1989, p. 38-44.

Kirkbride D., « Un village néolithique jordanien : Beidha », *Les Dossiers d'archéologie,* 163, 1991, p. 82-87.

Macdonald M. C. A., « Was the Nabataean Kingdom a "Bedouin State" ? », *Zeitschrift des deutschen Palästina-Vereins,* 107, 1991, p. 102-119.

Millar F., *The Roman Near East,* Londres, 1993.

Ohanessian-Charpin A., « L'utilisation actuelle par les Bédouins des grottes archéologiques de Pétra », *Annual of the Department of Antiquities of Jordan,* 30, 1986, p. 385-395, pl. 91-97.

Peterman G. et Schick R., « The Monastery of Saint Aaron », *ibid.* 40, 1996, p. 473-480.

Sartre M., « Rome et les Nabatéens à la fin de la République (65-30 av. J.-C.) », *Revue des études anciennes,* 81, 1979, p. 37-53.

—, *L'Orient romain,* Paris, 1991.

Vannini G. et Vanni Desideri A., « Archeological Research on Medieval Petra », *Annual of the Department of Antiquities of Jordan,* 39, p. 509-540.

Wenning R., « Das Ende des nabatäischen Königreichs », *in* Invernizzi A. et Salles J.-F. (éds.), *Arabia Antiqua. Hellenistic Centres Around Arabia,* Serie Orientale Roma, 70. 2., Rome, 1993, p. 81-103.

—, « Eine neuerstellte Liste der nabatäischen Dynastie », *Boreas,* 16, 1993, p. 25-38.

Zayadine F., « Caravan Routes between Egypt and Nabataea and the Voyage

of Sultan Baibars to Petra in 1276 A. D. », *in* Hadidi A. (éd.), *Studies in the History and Archaeology of Jordan*, II, Amman, 1985, p. 159-174.

Le site et ses monuments

Généralités

Al-Muheisen Z. et Tarrier D., « Ressources naturelles et occupation du site de Pétra », *in* Bisheh G. *et al.* (éds), *Studies in the History and Archaeology of Jordan,* VI, Amman, 1997, p. 143-148.

Dentzer J.-M. et Saupin R., « Les circulations internes et l'emprise urbaine sur l'espace à Pétra », *ibid.*, p. 289-302.

Dentzer J.-M. et Zayadine F., « L'espace urbain de Pétra », *Studies in the History and Archaeology of Jordan,* IV, Amman, 1992, p. 233-251.

L'eau

Al-Muheisen Z., « Modes d'installations agricoles nabatéennes dans la région de Pétra et dans le wadi `Arabah », *in* Bisheh G. *et al., Studies in the History and Archaeology of Jordan,* IV, Amman, 1992, p. 215-219.

Al-Muheisen Z. et Tarrier D., « Menace des eaux et mesures préventives à Pétra à l'époque nabatéenne », *Syria,* 73, 1996, p. 197-204.

Parr P. J., « La date du barrage du Sîq à Pétra », *Revue biblique,* 74, 1967, p. 45-49, pl. 1-3.

Les remparts

Parr P. J., Atkinson K. B., Wickens E. H., « Photogrammetric Work at Petra, 1965-1968. An Interim Report », *Annual of the Department of Antiquities of Jordan,* 20, 1975, p. 31-45, pl. 11-12.

Zayadine F., « Les fortifications préhelléniques et hellénistiques en Transjordanie et en Palestine », *in* Leriche P. et Treziny H. (éds), *La Fortification dans l'histoire du monde grec,* Paris, 1982, p. 149-156, fig. 254-265.

Tombeaux et nécropoles

Balty J.-Ch., « Architecture et société à Pétra et Hégra. Chronologie et classes sociales ; Sculpteurs et commanditaires », in *Architecture et Société. De l'archaïsme grec à la fin de la République romaine* (actes du colloque de Rome, 2-4 décembre 1980), collection de l'École française de Rome, 66, Rome, 1983, p. 303-324.

Gawlikowski M., « Les tombeaux anonymes », *Berytus,* 24, 1975-1976, p. 35-41.

Matthiae K., « Die nabatäische Felsarchitektur in Petra », *Klio,* 73, 1991, p. 226-278.

Schmidt-Colinet A., « Nabatäische Felsarchitektur. Bemerkungen zum gegenwärtigen Forschungsstand », *Bonner Jahrbücher* 180, 1980, p. 189-230.

—, « The Mason's Workshop of Hegra, its Relations to Petra, and the Tomb of Syllaios », *in* Hadidi A. (éd.), *Studies in the History and Archaeology of Jordan,* III, Amman, 1987, p. 143-150.

L'habitat

Nehmé L., « L'habitat rupestre dans le bassin de Pétra à l'époque nabatéenne », *in* Bisheh G. *et al.* (éds), *Studies in the History and Archaeology of Jordan,* VI, Amman, 1997, p. 281-288.

Stucky R. A., « The Nabataean House and the Urbanistic System of the Habitation Quarters in Petra », *in* `Amr K. *et al.* (éds), *ibid.,* V, Amman, 1995, p. 193-198.

Dieux et sanctuaires

Gawlikowski M., « Les dieux des Nabatéens », *in* Haase W. (éd.), *Aufstieg und Niedergang der Römischen Welt,* vol. II, 18, 4, Berlin, New York, 1990, p. 2659-2677.

Kahil L. et Augé Chr. (éds), *Mythologie gréco-romaine, mythologies périphériques. Études d'iconographie,* Paris, 1989.

Nehmé L., « L'espace cultuel à Pétra à l'époque nabatéenne », *Topoi* 7, 1997, p. 1023-1067.

Starcky J., « La religion des Nabatéens », *Les Dossiers d'archéologie,* 118, 1987, p. 42-43.

Tholbecq L., « Les sanctuaires des Nabatéens. État de la question à la lumière de recherches archéologiques récentes », *Topoi,* 1997/2, Lyon, p. 1069-1095.

Wenning R., « Bemerkungen zur Gesellschaft und Religion der Nabatäer », *in* R. Albertz et S. Otto (éds), *Religion und Gesellschaft. Studien zu ihrer Wechselbeziehung in den Kulturen des Antiken Vorderen Orients.* Alter Orient und Altes Testament, 248, Münster, 1997, p. 177-201.

Zayadine F., « L'iconographie d'Isis à Pétra », *Mélanges de l'École française de Rome, Antiquité,* 103, 1991, p. 283-306.

Zayadine F. (éd.), *Petra and the Caravan Cities,* Amman, 1990.

—, « Les sanctuaires nabatéens », in *Rencontres de l'École du Louvre. La Jordanie de l'âge de la pierre à l'époque byzantine,* Paris, p. 93-108, 1987.

L'art et l'artisanat

`Amr K., *The Pottery from Petra. A Neutron Activation Analysis Study,* Oxford, 1987.

French E., « Nabataean Warrior Saddles », *Palestine Exploration Quarterly,* 1988, p. 64-67.

Patrich J., *The Formation of Nabataean Art,* Jérusalem, 1990.

Schmid S. G., « Die Feinkeramik », in *Petra. Ez-Zantur I. Ergebnisse der Schweizerisch-Liechtensteinischen Ausgrabungen 1988-1992,* Terra archaeologica, 2, Mayence, 1996, p. 151-218.

Schmitt-Korte K., « Die bemalte nabatäische Keramik : Verbreitung, Typologie und Chronologie », *Petra und das Königreich der Nabatäer,* Munich, 1980, p. 174-197.

Zayadine F., « Decorative Stucco at Petra and other Hellenistic Sites », *in* Hadidi A. (éd.), *Studies in the History and Archaeology of Jordan,* III, Amman, 1987, p. 131-142.

ÉCONOMIE ET SOCIÉTÉ

Pétra ville caravanière

Mildenberg I., « Petra on the Frankincense Road ? », *Transeuphratène,* 10, Paris, 1995, p. 69-72.

Roche M.-J., « Remarques sur les Nabatéens en Méditerranée », *Semitica,* 45, 1996, p. 73-99.

Zayadine F., « Caravan Routes Between Egypt and Nabataea and the Voyage of Sultan Baibars to Petra in 1276 », *in* Hadidi A. (éd.), *Studies in the History and Archaeology of Jordan,* II, Amman, 1985, p. 159-173.

—, « L'espace urbain du grand Pétra. Les routes et les stations caravanières », *Annual of the Department of Antiquities of Jordan,* 36, 1992, p. 217-239, pl. 1-9.

Yémen. Au pays de la reine de Saba, catalogue de l'exposition de l'Institut du monde arabe, Paris, 1998.

Institutions et société

Bowsher J. M. C., « The Nabataean Army », *in* D. H. French et C. S. Lightfoot (éds), *The Eastern Frontier of the Roman Empire,* Proceedings of a colloquium held at Ankara in September 1988. British Archaeological Reports, International Series, 553. Oxford, 1989, p. 19-30.

Briquel-Chatonnet F., « La pénétration de la culture du Croissant fertile en Arabie : à propos des inscriptions nabatéennes », *in* Lozachmeur H. (éd.), *Présence arabe dans le Croissant fertile avant l'Hégire,* actes de la Table ronde internationale (Paris, 13 novembre 1993), Paris, 1995, p. 133-141.

Graf D. F., « The Nabataean Army and the *Cohortes Ulpiae Petraeorum* », *in* Dabrowa E. (éd.), *The Roman and Byzantine Army in the East,* Proceedings of a colloquium held at the Jagiellonian University, Cracovie, septembre 1992, Cracovie, 1994, p. 265-309.

Teixidor J., « Le campement : ville des Nabatéens », *Semitica* 43-44 : La ville de 1200 av. J.-C. à l'Hégire, 1995, p. 111-121.

Les Nabatéens de Bosra à Hégra

Al-Muheisen Z. et Villeneuve F., « Fouilles à Khirbet adh-Dharîh (Jordanie), 1984-1987 : un village, son sanctuaire et sa nécropole aux époques nabatéenne et romaine (Ier-IVe siècle apr. J.-C.) », *Comptes rendus des séances de l'Académie des inscriptions et belles-lettres,* 1988, p. 458-479.

—, « Nouvelles recherches à Khirbet adh-Dharîh (Jordanie), 1991-1994 », *ibid.*, 1994, p. 735-757.

Dentzer J.-M. (éd.), *Hauran,* I, 2 vol., Paris, 1985-1986.

Gatier P.-L., « Aux frontières méridionales du royaume nabatéen », *in* Salles J.-F. (éd.), *L'Arabie et ses mers bordières,* I, Lyon, 1988.

Glueck N., *Deities and Dolphins. The Story of the Nabataeans,* New York, 1965.

Jaussen J. et Savignac R., *Mission archéologique en Arabie,* 5 vol., Paris, 1909-1922 (rééd. Le Caire, 1997).

Negev A., *The Architecture of Mampsis,* 2 vol., Jérusalem, 1988.

—, *The Buildings at Oboda,* Jérusalem, 1998.

—, *Nabatean Archaeology Today,* New York et Londres, 1986.

—, *Tempel, Kirchen und Zisternen. Ausgrabungen in der Wüste Negev. Die Kultur der Nabatäer,* Stuttgart, 1983.

Numismatique

Meshorer Y., *Nabataean Coins,* Qedem 3, Jérusalem, 1975.

Starcky J., « Numismatique des rois de Nabatène », *in* F. Baratte (éd.), *Un royaume aux confins du désert. Pétra et la Nabatène,* Muséum de Lyon, 18 novembre 1978-28 février 1979, Lyon, s.d. [1978-1979], p. 27.

PRINCIPAUX TEXTES ANTIQUES ET MÉDIÉVAUX RELATIFS À PÉTRA ET AUX NABATÉENS

Textes historiques et géographiques

Ier Livre des Maccabées (grec, v. 100 av. J.-C.), V, 24-26 et IX, 35.

IIe Livre des Maccabées (grec, v. 160 av. J.-C.), V, 8 et XII, 10-12.

Diodore de Sicile (grec, v. 50 av. J.-C.), *Bibliothèque historique* :
– livre II, § 48 : éd. Oldfather C. H., coll. Loeb, Londres, 1961 (texte grec et traduction anglaise) ;
– livre III, § 42-43 : éd. Bommelaer B., Les Belles Lettres, Paris, 1989 (texte grec et traduction française) ;
– livre XIX, § 94-100, éd. Bizière F., Les Belles Lettres, Paris, 1975 (texte grec et traduction française) ;
– livre XL, § 4, éd. Walton F. R., coll. Loeb, Londres, 1967 (texte grec et traduction anglaise).

Strabon (grec, v. 10 av. J.-C.-v. 20 apr. J.-C.), *Géographie,* livre XVI, chap. 4, § 18 et 21-26, éd. Jones H. L., vol. 7, coll. Loeb, Cambridge (Mass.) et Londres, 1930.

Périple de la mer Érythrée (auteur grec anonyme, v. 50 apr. J.-C.) : *Periplus Maris Erythraei,* éd. Casson L., Princeton, 1989 (texte grec et traduction anglaise) : particulièrement le chap. 19.

Pline l'Ancien (latin, v. 70 apr. J.-C.), *Histoire naturelle :* livre V, chap. XII-XVI et livre VI, chap. XXXII, § 143-162 : éd. Nisard M., Paris, 1848 (traduction française) ou éd. Rackham, vol. 2, coll. Loeb, Cambridge (Mass.), 1942 (texte latin et traduction anglaise).

Flavius Josèphe (grec, v. 80-90 apr. J.-C.) :
– *Guerre des Juifs*, éd. Pelletier A., Les Belles Lettres, Paris, 1975-1980 (texte grec et traduction française) : livre I, § 99-106, 124-129, 159, 178, 274-278, 360, 369-385, 440, 487, 534, 566 ; livre II, § 66-79 ; livre III, § 68.
– *Antiquités juives,* éd. Thackeray H. St. J., coll. Loeb, 9 vol., Cambridge (Mass.) et Londres, 1956-1965 : livre IV, § 82-83 ; livre XII, § 335 ; livre XIII, § 358-364, 375, 382, 392-397,419 ; livre XIV, § 18-20, 29-33, 46-48, 80- 81, 103, 370-375 ; livre XV, § 92, 108-120, 317, 351 ; livre XVI, § 147, 220-228, 271-299, 335-355 ; livre XVII, § 287-297 ; livre XVII, § 112.

Dion Cassius (grec, v. 220 apr. J.-C.), *Histoire romaine,* livre XLVIII, § 14 et 41, livre XLIX, § 32 : éd. Freyburger M.-L. et Roddaz J.-M., Les Belles Lettres, Paris, 1994 (texte grec et traduction française).

Vie de Barsauma le Syrien (syriaque, Vᵉ siècle apr. J.-C.) : Nau F., « Deux épisodes de l'histoire juive sous Théodose II – 423 et 438 – d'après la vie de Barsauma le Syrien », *Revue des études juives,* 83, 1927, p. 186-191.

Épiphane de Salamine (grec, fin du IVᵉ siècle apr. J.-C.), *Panarion,* IV, 22, 11 : éd. Williams F., Leyde, 1987, t. 1, p. 51 (traduction anglaise).

Étienne de Byzance (grec, début du VIᵉ siècle apr. J.-C.), *Ethnika, s.v.* Oboda : *Stephanii Byzantii Ethnicorum quae supersunt,* éd. Meineke A., Berlin, 1849 (texte grec seul), p. 482.

Suidas (lexicographe grec byzantin du xe siècle, aussi appelé *La Souda*), éd. Adler A., *Suidae Lexicon*, Leipzig, 1931, t. 2, p. 713 : *s. v. Theusarès.*
Guillaume de Tyr (historien des croisades, latin, v. 1180), *Historia rerum, XVI, 6* in *Recueil des historiens des Croisades. Historiens occidentaux*, t. I/2, Paris, 1844, p. 712-713 (avec traduction française). On connaît en outre un sceau de Guerri, archevêque latin de Pétra en 1168 : Schlumberger G., *Sigillographie de l'Orient latin*, Paris, 1943, p. 100-101.
Al-Nuwairî, *Nihâyat al-`arab fî funûn al-adab* (manuscrit arabe où ce chroniqueur, 1279-1332, reprend les annales de Muhyî ad-Dîn ibn `Abd az-Zâhir, 1223-1292, dont le récit du passage du sultan Baïbars par Pétra en 1276) : Zayadine F., « Caravan Routes between Egypt and Nabataea and the Voyage of Sultan Baibars to Petra in 1276 », *in* Hadidi A. (éd.), *Studies in the History and Archaeology of Jordan*, II, Amman, 1985, p. 172-173 (texte arabe et traduction anglaise ; pour une traduction française : Kammerer A., *Pétra et la Nabatène*, vol. 1, Paris, 1929, p. 366-367).

Inscriptions

Cantineau J., *Le Nabatéen.*, 2 vol., Paris, 1930-1932.
Corpus Inscriptionum Semiticarum, pars II, tomus II, fasc. 1, sectio secunda, Inscriptiones Nabatæ, Paris, 1889- [le tiret signifie que la publication n'est pas terminée].
Milik J. T., « Inscription nabatéenne de Turkmaniyé à Pétra », *Revue biblique* 66, 1959, p. 555-560.
—, « Une inscription bilingue nabatéenne et grecque à Pétra », *Annual of the Department of Antiquities of Jordan*, 21, 1976, p. 143-152.
Milik J. T. et Starcky J., « Inscriptions récemment découvertes à Pétra », *Annual of the Department of Antiquities of Jordan*, 20, 1975, p. 111-130.
Sartre M., *Inscriptions grecques et latines de la Syrie*, t. XXI. *Inscriptions de la Jordanie*, t. IV, Bibliothèque archéologique et historique, 115, Paris, 1993.
Starcky J., « Nouvelles stèles funéraires à Pétra », *Annual of the Department of Antiquities of Jordan*, 10, 1965, p. 43-49.
—, « Une inscription nabatéenne de l'an 18 d'Arétas IV » in *Hommages à André Dupont-Sommer*, Paris, 1971, p. 151-159.
Starcky J. et Strugnell J., « Pétra : deux nouvelles inscriptions nabatéennes », *Revue biblique*, 73, 1966, p. 236-247, pl. 8-9.
Zayadine F., « A Nabataean Inscription from Beidâ », *Annual of the Department of Antiquities of Jordan*, 21, 1976, p. 139-142.

Papyrus et autres manuscrits

Archives de Babatha, bords de la mer Morte (grec, nabatéen et araméen, 93-132 apr. J.-C.) : Lewis N., *The Documents from the Bar Kokhba Period in the Cave of Letters, Greek Papyri,* Jérusalem, 1989.

Lettre du soldat Julius Apollinaris à sa mère (grec, 19 février 107 apr. J.-C.) : Youtie H. C. et Winter J. G., *Papyri and Ostraca from Karanis,* Second Series, Michigan Papyri VIII, Ann Arbor, 1951, n° 465.

Lettre attribuée à l'évêque Cyrille de Jérusalem, sur le séisme du 19 mai 363 apr. J.-C. (syriaque : document « Harvard Syriac » 99, folios 188 b-190 a) : Brock S. P., « A Letter Attributed to Cyril of Jerusalem on the Rebuilding of the Temple », *Bulletin of the School of Oriental and African Studies,* 40, 1977, p. 267-286.

Papyri de Pétra (grec, VIe siècle apr. J.-C.) : en l'attente d'une édition complète, se reporter à Koenen L., « The Carbonized Archive from Petra », *Journal of Roman Archaeology,* 9, 1996, p. 177-188.

REMERCIEMENTS

Les auteurs et l'éditeur remercient chaleureusement les collègues, amis et institutions qui ont aimablement fourni des photographies de monuments ou d'objets : Hugues Fontaine, Martha Jokowsky de l'université de Brown, Bernhard Kolb de l'université de Bâle, l'American Center for Oriental Research d'Amman et l'École biblique et archéologique française de Jérusalem.

Ils tiennent également à remercier René Saupin pour le dessin de la carte de Pétra ainsi que Lola Mary pour ses conseils et ses lectures attentives du texte.

LE ROYAUME NABATÉEN
LOCALITÉ MAJEURE
Localité secondaire : nom antique (ou nom moderne entre parenthèses)
Sanctuaire isolé
Cours d'eau permanent
Limites approximatives de l'extension maximale du royaume nabatéen (vers 85 av. J.-C.)
MER MÉDITERRANÉE
MER ROUGE
MER MORTE
Lac de Tibériade
Jourdain
SYRIE
PHÉNICIE
GOLAN
GALILÉE
SAMARIE
JUDÉE
IDUMÉE
NÉGUEV
SINAÏ
HIJÂZ
TRACHONITIDE
AURANITIDE
AMMANITIDE
MOABITIDE
GOBOLITIDE
STEPPE SYRIENNE
HARRAH
WADI SIRHÂN
vers Dûmâ
PALMYRE
Byblos
BÉRYTOS
SIDON
TYR
PTOLÉMAÏS
CÉSARÉE
Héliopolis
(Dmeir)
DAMAS
Nemâra
Sia
Adraa
Soada
BOSRA
(Umm al-Jimâl)
Scytho-polis
Pella
GÉRASA
Tyros
PHILADELPHIA
JÉRUSALEM
Madabâ
Ascalon
Éleuthéropolis
(Dhîbân)
GAZA
Marissa
(Qasr Rabbah)
Rabbathmôba
Betthôro
Massada
(Dhât Râs)
Rhinocolure
Élusa
Zoara
(Tannûr)
PÉLUSE
Bethomolachon
Sobata
(Dharîh)
(Qasrweit)
MAMPSIS
Nessana
ÉBODA
Punon
PÉTRA
Augustopolis
Gypsaria
Auara
Clysma
Aila
Iram
Pharan
(Ruwwâfah)
Teimâ
Myos Hormos ?
HÉGRA
Dédân
Leukè Kômè ?
Leukos Limèn ?
N
0
50 km
250 km

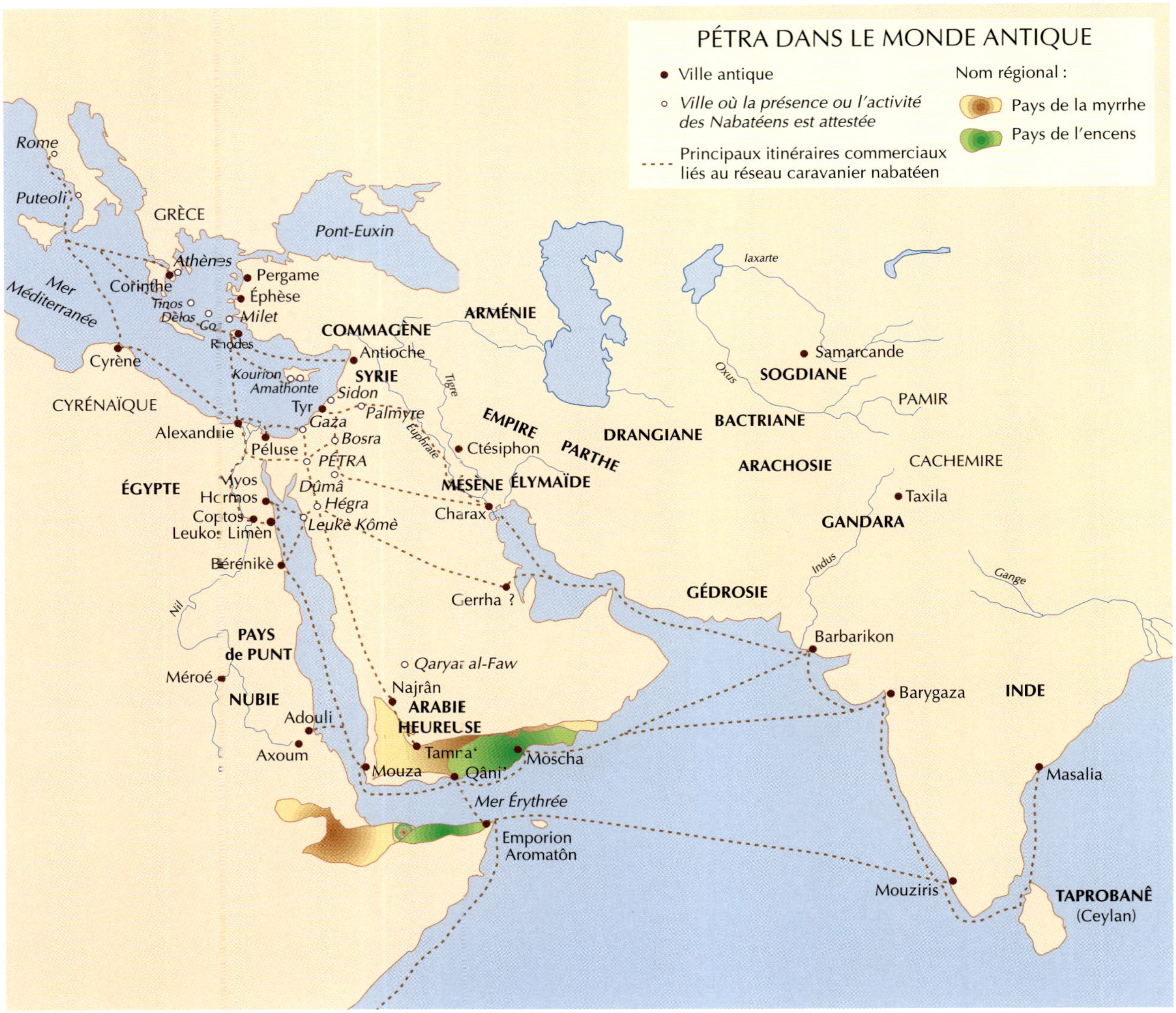
PÉTRA DANS LE MONDE ANTIQUE
Ville antique
Ville où la présence ou l'activité des Nabatéens est attestée
Principaux itinéraires commerciaux liés au réseau caravanier nabatéen
Nom régional :
Pays de la myrrhe
Pays de l'encens
Rome
Puteoli
GRÈCE
Athènes
Corinthe
Pergame
Éphèse
Tinos
Délos
Milet
Rhodes
Mer Méditerranée
Cyrène
CYRÉNAÏQUE
Pont-Euxin
ARMÉNIE
COMMAGÈNE
Antioche
SYRIE
Kourion
Amathonte
Sidon
Tyr
Palmyre
Gaza
Alexandrie
Péluse
Bosra
PÉTRA
ÉGYPTE
Myos Hormos
Coptos
Leukos Limèn
Dûmâ
Hégra
Leukè Kômè
Bérénikè
Nil
Tigre
Euphrate
EMPIRE PARTHE
Ctésiphon
MÉSÈNE
ÉLYMAÏDE
Charax
Gerrha ?
DRANGIANE
Iaxarte
Oxus
Samarcande
SOGDIANE
BACTRIANE
PAMIR
ARACHOSIE
CACHEMIRE
Taxila
GANDARA
Indus
Gange
GÉDROSIE
Barbarikon
PAYS de PUNT
Méroé
NUBIE
Qaryat al-Faw
Najrân
ARABIE HEUREUSE
Adouli
Axoum
Tamna'
Moscha
Mouza
Qâni'
Mer Érythrée
Emporion Aromatôn
Barygaza
INDE
Masalia
Mouziris
TAPROBANÊ (Ceylan)

Cartographie des pages 164 à 166 d'après François Villeneuve.

TABLE

CRÉDITS PHOTOGRAPHIQUES

Toutes les photographies sont de Gérard Degeorge sauf :
Bibliothèque centrale du Muséum national d'histoire naturelle, Paris : 14, 15, 129. Bronwyn Douglas/ACOR : 35. © Courtesy of Brown University/Petra Temple Excavations : 84, 85. H. Cowherd/R. E. Mittelstaedt/ACOR : 36. École biblique et archéologique française, Jérusalem : 60. H. Fontaine : 141. Y. Ino : 118 bas. Maison de l'Archéologie, Nanterre (photos J.-M. Dentzer et Laïla Nehmé) : 20-21, 29, 48, 49 gauche, 54, 58, 63, 77, 79, 100, 105, 124. Garo Nalbandian, Jérusalem : 3, 75, 120, 121. Université de Bâle, département archéologique : 68. François Villeneuve : 40.

Photogravure : Charente-Photogravure, à Angoulême
Achevé d'imprimer par Mame Imprimeurs, à Tours (12/99)
Dépôt légal : septembre 1999. N° 32280-2 (99112091)